노빈손 사라진 훈민정음을 찾아라

노빈손 사라진 훈민정음을 찾아라

초판 1쇄 펴냄 2009년 10월 3일
      9쇄 펴냄 2018년 12월 24일

지은이 한정영
일러스트 이우일
펴낸이 고영은 박미숙

펴낸곳 뜨인돌출판(주) | 출판등록 1994.10.11.(제406-251002011000185호)
주소 10881 경기도 파주시 회동길 337-9
홈페이지 www.ddstone.com | 블로그 blog.naver.com/ddstone1994
페이스북 www.facebook.com/ddstone1994 | 노빈손 www.nobinson.com
대표전화 02-337-5252 | 팩스 031-947-5868

ⓒ 2009 한정영, 이우일
'노빈손'은 뜨인돌출판(주)의 등록상표입니다.

ISBN 978-89-5807-267-6 03810
CIP 2010002849

어린이제품안전특별법에 의한 제품표시
제조자명 뜨인돌 **제조국명** 대한민국 **사용연령** 만 8세 이상

노빈손

사라진 훈민정음을 찾아라

한정영 지음 **이우일** 일러스트

韓國史

뜨인돌

어느 해인가, 한 대학교 교수님이 오렌지를 '어륀지'라고 발음해야 한다면서 영어 몰입 교육을 주장한 적이 있습니다. 갓난아기도 피식 웃을 만한 코미디를 보면서, 세종대왕이 훈민정음을 창제한 후에도 끊임없이 '대국의 글'이니 '양반의 글'이니 하면서 '한자 몰입'을 주장하던 어리석은 신하들이 생각났습니다. 어쩌면 그 어처구니없는 코미디가 이 글을 쓰게 했는지 모릅니다.

훈민정음이 창제된 지 500년이 훨씬 더 지났습니다. 이제 우리가 쓰고 있는 한글은, 구태여 강조하지 않아도 우리 민족의 숨결이고 정신입니다. 그 낱낱의 닿소리와 홀소리 속에는 우주가 들어 있고, 세상의 이치가 숨겨져 있습니다. 과학성과 창조성을 운운한다면 잔소리에 가깝겠지요.

얼마 전에는 인도네시아의 한 부족이 한글을 자신들의 공식 문자로 채택했습니다. 소리글자로서 한글이 가진 우수성을 인정한 까닭일 것입니다. 유네스코에서는 이전부터 문맹 퇴치에 힘쓴 단체 등에 '세종대왕 상'이란 이름으로 상을 주고 있습니다.

그럼에도 불구하고 한글은 오히려 우리나라에서 푸대접을 받고 있습니다. 요즘은 한글을 깨치기 전부터 영어를 배웁니다. 간단한 한글 맞춤법이 틀려도 엄마나 선생님은 크게 문제 삼지 않습니다. 하지만 영단어의 스펠링을 외우기 위해서 초등학생들까지 단어장을 들고 다닙니다. 집집마다 영어 참고서는 빼곡해도 국어 사전이 있는 집은 별로 없습니다. 영어를 잘하는 아이들은 칭찬을 받지만, 국어를 잘하고 글을 잘 쓰는 아이들에게 어른들은 시큰둥합니다.

어쩌면 지금, 한글은 혹독한 '한글 금지법'이 내려졌던 연산군 시대보다 더 큰 위기에 처해 있는지 모릅니다. 영어뿐만이 아니라, 인터넷의 채팅 용어와 국적 없는 말들도 난무하고 있으니까요. 도대체 우리의 한글은 어디로 사라지려는 걸까요.

아차! 그렇다면 한글 책 분서 사건이 일어난 연산군 시대로 노빈손을 보내는 게 아니었는지도 모릅니다. 목숨을 걸고 단 한 권 남은 훈민정음을 찾아 떠난 노빈손, 시퍼런 칼날이 목을 겨누고 있는 연산군 시대 한복판에서 노빈손은 감추어진 훈민정음을 찾아낼 수 있을까요? 만약 찾아낸다면 얼른 돌아와 실종된 한글을 찾아 주길 바라 봅니다.

노빈손을 만들고 가꾼 모든 분들께 감사의 말씀을 드립니다. 뒤늦게나마 노빈손과 한 식구가 되도록 배려해 주신 뜨인돌출판사 사장님과 편집부, 그리고 10년 동안 노빈손과 동거동락하면서 빈자리 하나 남겨 주신 선배 작가님들, 감사합니다.

한정영

두말 필요 없는 주인공 노빈손. 하필이면 서슬 푸른 칼날이 목숨을 노리는 연산군 시대로 날아가고 말았다. 지나치게 겸손한 외모와 끝없는 모험심, 엄청난 행운을 지닌 노빈손이라지만 이번엔 만만치 않은 여행을 해야 할 듯. 암호문을 풀어 훈민정음이 숨겨진 곳을 알아내려 하지만, 끝없이 위기가 닥친다.

새내기 진독청 학사. 그의 할아버지는 세종이 정의공주에게 하사한 낙천정을 직접 지은 목수로 안빈세 가문과 인연이 깊다. 진독청에서 일하던 중 안빈세로부터 훈민정음을 찾아달라는 부탁을 받는다. 하지만 무엇부터 해야 할지 막막한 상황. 사실 윤휘는 한문은 좀 알지만 언문은 잘 모른다. 그래서 노빈손으로부터 '어른이 한글을 모른다'고 놀림까지 받는다. 게다가 긴장만 하면 땀을 흘리는 습관 때문에 번번이 낭패를 겪는다.

정의공주의 넷째 아들. 훈민정음 창제에 깊이 관여한 정의공주만큼이나 훈민정음에 대한 애정이 남다르기에, 마지막 하나 남은 훈민정음을 찾기 위해 동분서주한다. 훈민정음을 없애려는 조양범에 맞서 빈틈없고 조리 있는 말솜씨로 그와 대적하지만 비밀조직 '대명회' 앞에서는 역부족이다. 과연 그는 대명회와 싸워 이기고 훈민정음을 찾아낼 수 있을까?

매향

소녀 무사. 빼어난 미인인데다 칼솜씨 또한 눈부시다. 하지만 성격은 급하고 차가운 편이다. 윤휘와 함께 따라온 노빈손을 틈틈이 구박한다. 매향의 어머니가 정의공주를 모셨다는 인연 때문에 안빈세 주위에서 그를 돕는다. 특히 정의공주가 매향의 어머니에게 남긴 언문 편지를 가지고 찾아감으로써 마지막 훈민정음의 행방에 결정적 단서를 제공한다.

조양범

훈민정음을 없애려는 비밀 조직 '대명회'의 실질적 우두머리. 머리가 비상하며, 훈민정음을 없애기 위해 선비들을 모아 대명회를 이끌어 간다. 명나라 세력까지 끌어들이는 등 목적을 위해서라면 수단과 방법을 가리지 않는 인물. 언문 괘서 사건과 투서 사건을 배후에서 조작하며, 하나 남은 훈민정음을 명나라로 빼돌리려 한다. 그리고 마지막 걸림돌인 안빈세의 목숨까지 노린다.

홍성우

진독청 학사이며, 무인이다. 조양범의 도움으로 관직에 오른 덕분에 그의 오른팔로 활약한다. 조양범이 시키는 일이라면 살인도 마다하지 않는다. 그러나 조양범이 조선의 비밀 병기에 관한 책과 훈민정음마저 명나라에 빼돌리려 하자 자신의 일에 회의를 느낀다.

참 고 문 헌

『훈민정음연구』 (강신항, 성균관대학교출판부)
『한글 창제원리와 옛글자 살려 쓰기』 (반재원 · 허정윤, 역락)
『한글의 신비』 (금일권, 천부동사람들)
『세종대왕과 훈민정음』 (박종국, 세종대왕기념사업회)
『28자로 이룬 문자혁명 훈민정음』 (김슬옹, 아이세움)
『한글에 대해 알아야 할 모든 것』 (최경봉 외, 책과함께)
『알기 쉽게 풀어쓴 훈민정음』 (국립국어원, 생각의나무)
『한권으로 읽는 조선왕조실록』 (박영규, 들녘)
『조선의 건국』 (이이화, 한길사)
『왕의 길 신하의 길』 (이이화, 한길사)
『연산군 그 허상과 실상』 (변원림, 일지사)
『연산군일기』 (육광남, 하늘과땅)

나랏말ᄊᆞ미 듕귁에달아 문쭝와로서르ᄉᆞᄆᆺ디아니홀씨
이런젼ᄎᆞ로어린빅셩이니르고져홅배이셔도
마춤내 제ᄠᅳ들 시러펴디 몯홇노미하니라
내이를윙ᄒᆞ야어엿비너겨 새로스믈여듧ᄍᆞ롤밍ᄀ노니
사ᄅᆞᆷ마다히ᅇᅧ수비니겨
날로ᄡᅮ메뼌한킈ᄒᆞ고져홅ᄯᆞᄅᆞ미니라

우리나라 말이 중국과 달라 한자와는 서로 잘 통하지 아니한다.
이런 까닭으로 어리석은 백성들이 말하고자 하는 바 있어도
마침내 제 뜻을 펴지 못하는 사람이 많다.
내가 이것을 가엾게 여겨 새로 스물여덟 글자를 만드니,
모든 사람들로 하여금 쉬이 익혀서
날마다 쓰는 데 편하게 하고자 할 따름이니라.

『훈민정음 해례본』

프롤로그

서대문 밖의 이화(梨花) 마을 관아 뒤뜰.

사흘이나 묵은 시신 하나가 주인을 기다리고 있었다. 이른 아침 동이 트자마자 중년의 선비와 호리호리한 처녀가 득달같이 달려왔다. 그 뒤를 늙수그레한 노인 하나와 여러 명의 일꾼들이 따랐다.

"이보시오, 형방! 이게 무슨 경우요? 내 아버님 시신을 사흘이나 붙잡아 두다니요!"

선비는 거적때기에 덮인 시신을 지키고 섰던 형방을 향해 소리쳤다. 형방은 짐짓 딴청을 했다.

조선의 CSI

조선 시대에도 죽음의 원인을 밝히기 위한 검시제가 있었다. 우선 육안으로 시신의 색깔을 본다. 독사나 질식사의 경우 청색, 병사했을 때는 황색을 띤다고 한다. 몸의 상처 등을 정확히 찾아내기 위해 술 찌꺼기나 식초를 이용해 시신을 닦는 과정도 거친다. 이외에도 쥐엄나무 껍질 삶은 물로 은비녀를 깨끗이 씻어 죽은 자의 목구멍에 넣고 입을 종이로 봉한다. 독살당한 시신일 경우 은비녀가 푸른빛을 띤 검은색으로 변한다고 한다.

"나야 위에서 시키는 대로 할 뿐이오. 혹시라도 무슨 사건이 난 듯싶어서 조사를 한다고 하지 않았소."

"조사라니요? 낙상이라면서요."

"아무튼 난 모르오. 어서 모시고 가시오."

형방은 아예 몸을 돌렸다.

"아버님!"

선비를 따라온 처녀가 비로소 거적때기를 걷어 내며 울음을 터트렸다.

참으로 기가 막힌 노릇이었다.

처녀의 아버지는 오래전 집현전의 학사였

고, 언문에 통달한 초야의 선비였다. 할 줄 아는 것이라고는 파묻혀 글 읽는 것이 전부였다. 그런데 며칠 전, 진독청에서 나온 관리를 따라나섰었다. 바로 그날 밤, 관아에서 사람이 나와 전하기를 아버님이 낙상을 하여 그 시신이 양화나루에서 발견되었단다. 더 기가 막힌 것은 혹시 타살인지 모르니 조사한답시고 사흘이나 흘려보낸 뒤에 시신을 찾아가라는 것이었다.

"거참, 이상합니다. 상처는 있는데 핏자국이 없으니……."

뒤따라온 노인이 오열하고 있는 두 남매에게 말했다. 노인은 혹시나 해서 남매가 데리고 온 마을 의원이었다. 노 의원은 시신을 여기저기 살폈다.

"무슨 말씀이오?"

"말 그대로입니다. 낙상을 했다면, 몸 이곳저곳에 상처가 나고 또 부러지는 것이 당연할 것입니다. 그런데 상처만 있고 피를 흘린 흔적이 보이지 않아요. 물에 오래 불은 흔적도 없구요."

"그럼, 그게 무슨 뜻입니까?"

눈물을 닦아 내며 젊은 선비가 물었다.

"가장 큰 상처는 뒷머리인데, 이건 낙상 때문에 생긴 상처라기보다는 뭔가에 크게 부딪힌……."

"누군가 내리쳤단 말이오?"

노 의원은 대답 대신 고개를 끄덕였다. 그러고는 시신의 가슴과 목, 입안을 살피기 시작했다.

"이, 이건……."

노 의원이 입안에서 무언가를 꺼냈다. 그것은 작게 돌돌 말은 종 잇조각이었다.

선비는 노 의원에게 그것을 빼앗아 펼쳐 보았다. 물에 불어 누렇게 절어 있었지만, 글씨만은 선명했다.

明

선비와 처녀의 눈빛이 마주쳤다.

선비는 형방이 다른 곳을 보고 있는 사이에 얼른 그것을 허리춤에 넣었다.

조선의 폭군! 그를 규탄한다!

ID : 부엉이

다들 이번 세금이 또 오른 거 들었소? 아니, 오른 세금을 고쳐 쓴 서류에 먹이 마르지도 않았는데 이 무슨 날벼락이란 말이오?

그렇게 올린 세금을 어디에 쓰는지는 우리 모두가 알고 있지 않소? 전국에서 술시중을 들 기생들을 뽑아 올리고, 잔치 비용 때문에 동난 국고를 메우려 올리는 세금, 이 모든 것이 임금의 사치 때문이

잖소. 이를 말리던 사림 학자들마저 지난 무오년(1498년)에 무자비하게 죽임을 당하지 않았소이까? 덕분에 조정에서 개혁파였던 사림 학자들의 씨가 말랐다오. 심지어 죽은 사람도 관을 열게 하여 한 번 더 죽이고……. 이러고도 하늘이 두렵지 않단 말이오?

└ 세상에… 진짜 이 정도일 줄은 몰랐네요. 임금은 물러가라!

└ 무오사화 말씀이시구려. 요번에 벌어진 갑자사화 얘기는 들으셨소? 현 임금의 친어머니인 윤씨는 일찍이 성종 임금님을 질투하고 할퀸 죄로 폐위당했고, 사약을 받아 죽었소. 임사홍이라는 자가 연산군에게 이 이야기를 밀고하자, 곧바로 보복에 나선 연산군은 어머니 윤씨에게 사약을 내리는 데 관여했거나 찬성한 사람들을 모조리 죽였소이다. 선비들뿐만 아니라 명령에 따랐을 뿐인 내시와 궁녀까지도 목숨을 잃었지요. 심지어 할머니 되는 인수대비를 머리로 들이받기도 했는데, 인수대비는 얼마 전에 절명했소. 이런 자가 왕위에 앉아 있다니 하늘이 조선을 버리시려는 모양이오.

└ 나라님에게 저런 아픔이 있었군요. 그땐 어린 나이였을 텐데 좀 불쌍하네요.

└ 님~ 언문 쓰면 포졸한테 잡혀가요.

틀린 이야기는 아니나, 사건을 너무 단순히 보시는 것 같소.
사림 학자들이 중앙에 등용되어 감투를 쓴 것은 성종 임금님
때부터인데, 사림파의 중심에는 김종직이 버티고 있었소. 그
는 임금의 신임을 얻어 자기 제자들을 많이 등용하고 사헌부,
사간원, 홍문관에서 세력을 키워 갔지요. 세력이 커지자 사림
파는 기존의 파벌인 훈구파를 욕심 많은 소인배라며 무시했
고, 또 훈구파는 새로 등장한 사림파를 야생 귀족이라 하여 업
신여기니, 서로 사상도 다르고 자부심도 남다른 탓에 미워하
고 헐뜯기를 그치지 않았소. 그러다 증오가 폭발해 이 난리가
난 것이오.

사림파들이 겪는 수난은 단순히 임금이 폭군이기 때문에 생기는 것만은 아니란 말이오. 임금을 꼬드겨 사림파 척결을 노리는 훈구파의 계략이 아니겠소?

└ 훈구파가 뭔데요?

└ 훈구파는 세조가 단종을 폐위시키고 왕위에 오를 때 그 뒤를 따른 신하들을 가리키는 거요. 세조를 도운 공으로 막대한 재산과 토지를 받은 세력이지. 지금은 유자광을 중심으로 뭉쳐 있다오.

└ 우리 훈구파 욕하면 무조건 척살이다! 유자광 만세!

└ 자꾸 나라님을 욕하는 님 같은 사람들 때문에 언문이 금지됐잖아요. 언문 책도 다 불태웠는데, 소식통이시라면서 그 소식은 못 들으셨나 보죠?

※ 언문 금지령에 의해 위 글은 삭제 예정입니다. 더 이상 덧글을 달 수 없습니다.

1장
에구머니?
무슨 아주머니
처럼 놀라시네?
에구머니!
네가
데이비드
카퍼필드니?

신비로운 할머니

먼지가 뽀얗게 앉은 책장들이 늘어선 인사동 규장각 분점.

"이봐요, 학생!"

노빈손이 고개를 돌려 보니 할머니 한 분이 서 계셨다.

"저 말인가요?"

"그래, 잘생긴 학생!"

와! 이 할머니 눈썰미 좀 있으시네. 노빈손은 기분이 좋아졌다.

단아한 한복 옷차림의 할머니는 두 손으로 녹빛 찻잔을 들고 있었다. 규장각 분점 할아버지가 타 주신 건가? 주름진 얼굴이었지만, 고운 미소가 감돌았다.

"팔이 안 닿아서 그러는데 저 위에 꽂힌 책 좀 꺼내 주겠소?"

"어느 책이요?"

"저기 제일 꼭대기……."

할머니가 가리킨 곳은 하필 안쪽 서가의 맨 위쪽이었다. 하는 수 없이 노빈손은 사다리를 들고 안쪽으로 들어갔다.

오늘 사다리만 벌써 몇 번째 타는지 모르겠다. 훈민정음이 새겨진 한지 몇 장 얻자고 알바 아닌 알바를 해야 하다니.

모두 말숙이 탓이다. 불우이웃돕기 일일 찻집을 하는데, 전통찻집처럼 꾸미겠다면서 노빈손에게 훈민정음이 쓰여 있는 한지를 구해 오라는 것이었다. 그래서 인사동에 나왔다가 고서점 규장각 분점에

들렀는데, 할아버지가 이랬다.

"한 시간만 가게 봐주면 내가 한지 몇 장 그냥 주마!"

그 말에 냉큼 하겠다고 나섰는데, 하필 오늘따라 손님이 많았던 것이다.

"이건가요?"

노빈손은 책 한 권을 손으로 짚으며 할머니에게 물었다. 『세종장헌대왕실록』이라고 쓰인 책이었다. 한 손에 들기 버거울 정도로 두껍고 묵직했다.

"옳지! 그리고 그 칸 오른쪽 제일 끝!"

노빈손은 『세종장헌대왕실록』을 내려놓고 할머니가 가리킨 쪽으로 사다리를 옮겼다. 그리고 올라서서 물었다.

"이거요?"

"그래, 그거라오!"

이번에는 제목이 『해설판 훈민정음』이다. 아, 할아버지가 훈민정음을 찾는 사람이 많다고 하시더니……. 노빈손은 귀퉁이가 다 닳아 빠진 책을 꺼내 들었다.

그때, 코가 근질거리더니 재채기가 났다. 오래된 책 먼지 때문인 듯했다.

"에잇취!"

사다리에서 내려오다가 재채기 때문에 중심을 잃은 노빈손은 춤을 추듯 허우적거리다 할

『세종장헌대왕실록』

보통 『세종실록』이라고 부른다. 세종이 통치하던 1418년 8월부터 1450년 2월까지의 기록을 담고 있다. 편찬할 때 김종서와 정인지 등이 감수를 했다. 편찬이 완성된 것은 1452년 정월 즈음이었다. 여러 벌을 찍어 충주와 전주, 성주 등에 두었으나 임진왜란 때 모두 소실되고 전주 것만 남았다. 이것을 바탕으로 1603년 다시 3부를 간행하였다.

머니 쪽으로 기우뚱하며 넘어지고 말았다.

"앗차차……!"

놀라 물러서던 할머니가 하필이면 찻잔을 노빈손 가슴팍에 떨어
뜨렸다. 순식간에 옷에 노란 얼룩이 생겼다.

"에구머니, 이걸 어째? 옷을 다 버렸네."

도대체 할아버지가 무슨 차를 타 주셨기에 옷이 금방 노랗게 물든
걸까? 노빈손은 얼른 일어나 물기를 닦았지만, 마침 흰 옷이다 보니

얼룩이 지워지지 않았다.

"저런! 미안해서 어쩌지? 가만, 이거라도……."

할머니는 작은 손가방에서 뭔가를 꺼냈다. 흰색 면 티셔츠였다. 앞쪽에 옛 한글이 쓰여 있었다. 지금은 쓰지 않는 'ㆁ', '퐁', 'ㅿ'와 같은 자모가 눈에 띄었다.

'선왕께서 납시어 승전을 축하하였더니, 세월이 수상하여 지금은 네 번 잠자고 일어나면 또 한 꺼풀을 벗는 짐승의 집이 되었더라!'

더듬거려 읽어 보니 대충 그런 뜻이었다.

하지만 노빈손은 공손하게 사양했다.

"아니에요, 할머니! 나중에 빨아 입으면 돼요!"

"괜찮아요. 어서 이걸로 갈아입어요."

노빈손은 하는 수 없이 옷을 받아들었다. 할머니는 자리를 피해 주려는지 서고 바깥으로 나갔다. 그 틈에 얼른 옷을 갈아입은 노빈손은 책 두 권을 들고 바깥으로 걸음을 옮겼다.

"됐어요. 할머니, 감사합……. 아우욱!"

서둘러 나오던 노빈손은 한쪽 책장 모서리에 눈 언저리를 부딪히고 말았다.

머리가 핑핑 돌았다. 잠깐 동안 눈을 뜰 수가 없었다.

"으으……."

한참 만에 눈을 떴다. 순간, 노빈손은 깜짝

잃어버린 글자

훈민정음 창제 당시에는 자음과 모음을 모두 합쳐 28글자였다. 하지만 지금은, 'ㆍ(아래 아), ㆁ(옛 이응), ㆆ(여린 히읗), ㅿ(반치음)' 등 4개의 글자가 사라지고 24개만 남았다. 'ㆆ'은 『훈몽자회』(최세진 지음)에서 미리부터 빠졌고, 현행 맞춤법에 따라 나머지 3개의 글자가 빠졌다. 이 외에도 자음을 다양하게 붙여서 쓰던 합용병서(ㅄ, ㅴ, ㅵ 등)와 순경음을 표시하기 위해 자음 아래에 'ㅇ'을 붙여 쓰던 'ㅱ', 'ㅸ', 'ㅹ'과 같은 글자들이 지금은 쓰이지 않는다.

놀라고 말았다.

"아욱! 여, 여긴 또 어디야?"

미스 조선 선발 대회?

"우아! 오, 구우우웃!"

이게 무슨 횡재냐? 눈이 이렇게 호강을 하는 때도 있다니! 노빈손은 연신 감탄사를 내뿜었다. 도무지 입이 다물어지지 않았다.

거리 한복판으로 절세 미녀들이 줄을 지어 지나가고 있었다. 하나 둘도 아니고 수십 명은 되는 듯했다. 색색의 치마저고리를 입고 고운 화장을 한 여인들이 관헌들을 따라 사뿐사뿐 걸음을 내딛고 있었다. 수줍은 듯 살며시 고개를 숙인 여인들의 미모가 하나같이 수려했다.

구름 떼처럼 모여든 사람들이 길 옆으로 비켜서서 그 행렬을 구경하고 있었다. 곱디 고운 한복의 치맛자락이 바람에 너울질 때마다 사람들의 입에서 탄성이 흘러나왔다.

"이야! 참으로 천하절색일세."

"곱다, 고와! 어쩜 저리 예쁠까!"

무슨 '미스 조선 선발 대회'라도 하는 건가? 궁금한 건 절대 못 참는지라 노빈손은 옆에 서 있던 주먹코 아저씨에게 물었다.

"아저씨, 무슨 축제라도 있어요? 저 아가씨들 어딜 가는 거예요?"

"어딜 가긴, 이놈아! 궁궐로 가는 게지. 모두 임금님 술판에 기생이 되려고 가는 거란다."

주먹코 아저씨는 노빈손을 쳐다보지도 않고 대답했다. 말할 때마다 커다란 주먹코가 벌름거렸다.

"에이, 설마요."

"설마는 무슨……. 으아앗! 지금 내 앞에 뭐가 서 있는 거야?"

문득 고개를 돌리다가 노빈손과 눈이 마주친 주먹코 아저씨는 깜짝 놀라 두어 걸음 뒤로 물러섰다.

"왜 그러세요, 아저씨?"

노빈손은 얼굴을 앞으로 내밀며 물었다. 그러자 주먹코 아저씨가 버럭 화를 냈다.

"어이쿠, 이 녀석아! 이쪽으로 얼굴 들이대지 마! 심장 떨어지는 줄 알았잖아. 에이, 눈 버렸어. 방금 전까지 좋았는데……."

주먹코 아저씨는 투덜거리며 곧 사람들 물결 사이로 사라져 버렸다.

도대체 저 아저씨가 뭐라는 거야? 그쪽도 뭐, 만만치 않거든요! 노빈손은 속으로 투덜댔다.

그런데 이번엔 다른 사람들이 노빈손을 두고 쑤군거렸다. 몇몇은 바로 앞에 와서 위아래를 훑어보기도 했다.

미스 조선 선발 대회

진작부터 나랏일에 흥미를 잃은 연산군은 국고를 축내 가며 하루가 멀다 하고 잔치를 벌였다. 특히 연산군은 아름다운 미녀를 좋아했는데, 한편으로는 곧잘 싫증을 냈다. 그리하여 신하들에게 일러 전국에서 미녀를 뽑아 오게 했다. 이때 파견된 관리를 '채홍사'라고 했는데 채홍사들은 혼인하지 않은 처녀는 물론이고 양인의 아내, 사대부의 첩 등 가리지 않았다. 그 숫자가 1만이 넘었으며, 궐로 줄지어 들어가는 미녀들의 모습이 장관이었다고 한다.

　잠깐 있자니, 허름한 차림의 선비 하나가 슬쩍 옆으로 다가왔다. 그러곤 노빈손의 귓가에 대고 소곤댔다.

　"조선말을 할 줄 아느냐?"

　이건 또 무슨 귀신 씨나락 까먹는 소린가. 목소리까지 낮추고 은밀하게 하는 말이 고작……. 차라리 '캔 유 스피크 코리언?' 이라고 물어보지 그래요.

　"무슨 말씀이세요?"

　"옳거니! 우리말을 할 줄 아는구나. 어서 여길 빠져나가자. 곧 너를 붙잡으려고 포졸들이 달려올 거야."

　"네? 무슨 말씀이세요?"

노빈손은 얼떨떨해하며 젊은 선비를 쳐다보았다. 뭐야? 이 선비,
왜 저렇게 땀을 흘리지? 노빈손을 끌어당기는 손마저 미끈거렸다.

선비 손에 이끌려 채 몇 걸음 떼기도 전에 아주 딱딱한 물건이 노
빈손의 양쪽 어깨를 내리쳤다.

"우우욱! 악!"

고통에 털썩 주저앉았다. 순식간에 육모방망이를 든 포졸들이 노
빈손과 젊은 선비를 에워쌌다.

"왜들 이러세요! 무고한 백성에게 이래도 됩니까?"

노빈손이 소리를 치자 육모방망이가 뒤통수를 세게 때렸다. 노빈
손은 그 순간 별을 보았다. 별은 눈앞에서 타원형의 궤도를 그리며
빙글빙글 돌았다. 한두 개가 아니었다.

감옥에 갇힌 노빈손

"아이고, 머리야!"

잠이 들었었나? 노빈손은 눈을 뜨
자마자 뒷머리로 손을 가져갔다. 단단
히 부어올랐나 보다. 뒤통수가 불룩해져 있

었다. 아직도 시큰거렸다.

'그런데 도대체 여긴 어딜까?'

그제야 노빈손은 뭔가 이상하다는 생각이 들었다.

“우악!”

감옥이었다. 침침한 벽, 바닥에 어지럽게 널려 있는 지푸라기와 거적때기, 그리고 뒤돌아 보니 반대편 감옥에는 칼을 쓴 죄수도 있었다. 감옥 아니랄까 봐, 어디선가 으스스한 신음까지 들려왔다. 효과음치고는 아주 제대로다.

혹시나 하는 생각에 노빈손은 감옥 문을 흔들어 보았다. 예상대로였다. 감옥 문은 꼼짝도 하지 않았다. 느낌이 아까보다 나빴다.

그때, 등뒤에서 소리가 들렸다.

“이봐, 야인 젊은이!”

에엣! 설마 나를 부르는 거야? 야인이라면……. 맞아! 조선 시대에는 여진족을 그렇게 불렀지. 그런데 여진족이라니? 노빈손은 얼른 뒤를 돌아보았다.

어둑한 감옥 안쪽에서 무언가 꿈틀거렸다. 눈을 비비고 다시 보니 허연 물체가 움직이고 있었다. 아! 아까 보았던 그 젊은 선비였다.

“거참, 아무리 봐도 오랑캐 놈일세! 야인 맞지?”

“저, 여진족 아닌데요.”

“아니긴 뭐가 아니란 말이냐. 조선 사람 중에 그렇게 생긴 몰골이 어디에 있다는 것이냐. 정말 야인이 아니라면 몽골 쪽인가?”

으엑! 꼭 뭔가 잘못되었다 싶으면 얼굴 가지고 시비를 걸더라. 옛날 사람들은 내 신선한 미모가 적응이 안 되나 보지?

그런데 뒷말이 더 가관이었다.

“그래! 몽골 쪽이 원숭이에 조금 더 가깝긴 하지. 게다가 머리카락은 다 밀어 변발 비슷하고……. 하긴 뭐, 몽고 놈이나 야인 놈이나, 엉덩이나 궁둥이나!"

으으. 원숭이라니? 궁둥이는 또 뭐람? 대한민국 표준 꽃미남인 나에게 그런 모욕적인 발언을 하다니.

"그나저나 날 알아요? 대체 왜 아까 날 보고 도망치라고 한 거예요?"

"네 배를 보거라!"

배를 가리키며 선비가 천천히 노빈손에게 다가왔다.

"배가 어떻다는 거예요?"

"이놈아, 대체 옷에다가 어떻게 이런 글을 써 가지고 다닐 수 있단 말이냐? 네놈이 정신줄을 놓은 게 아닌 다음에야 어찌……. 쯧쯧."

아! 다행히 배를 가지고 트집 잡는 건 아니구나. 그럼 됐고. 그런데 기가 막혀서 어쩔 줄 모르겠다는 저 표정은 무엇인가. 옷이 뭘 어쨌다는 걸까.

"뭐가 잘못되었어요? 이거 한글이잖아요. 선왕께서 납시어 승전을 축하하였더니……."

"이놈이 아주 죽으려고 작정을 한 놈이로구나. 여기까지 와서 입을 경솔하게 놀리다니."

"뭐라구요? 내가 죽긴 왜 죽어요! 아무리 미인박명이라지만, 벌써 죽을 수는 없지요."

야인

고구려 시대에는 여진족을 대체로 말갈이라 불렀다. 고려와 조선은 이들을 회유하거나 정벌하여 다스렸다. 그러나 세력이 커졌을 때 금나라를 세워 고려를 위협했고, 청나라를 세워 조선을 항복시키고 도리어 조선에게 조공을 받기도 했다. 변발은 여진족만 한 것이 아니었다. 옛날의 북방 민족들 상당수가 변발을 했다. 이런 변발 풍습은 1911년 신해혁명이 일어난 뒤에야 공식적으로 없어졌다. 우리나라도 고려 말 몽골의 지배를 받을 때 잠깐 동안 변발의 풍습이 있었다.

"미인박명? 에라, 이놈아. 미인밥통이라고 해라. 내 말은, 지금 때가 어느 때인데 가슴에다 언문을 쓰고 다니느냐 말이다. 네놈은 아마도 곤장 100대쯤은 맞을 게다. 쯧쯧!"

"언문이라고요?"

연산군 시대로 오다

선비가 한글을 '언문'이라고 부르고 있는 걸로 보아서 세종대왕 후의 시대가 틀림없는 듯하다. 노빈손은 잠시 숨을 돌리고 물었다.

"선비님, 지금이 대체 어느 때입니까? 어느 분이 왕이시냔 말이에요."

"허허! 이놈 참, 어디서 왔기에 그런 것도 모를까. 성종대왕의 아드님인 융이시다. 비록 어머니 윤씨는 폐비로 사사되었지만……."

"아, 그렇군요. 그럼 성종 다음의 임금이겠군요. 태정태세문단……. 허거걱! 그럼 연산군?"

갑자기 머리가 띵했다. 하필이면 연산군이라니!

이번에는 정말 느낌이 좋지 않다. 어어, 이것 봐라. 연산군이라는 말만 꺼냈는데도 벌써 머릿속에 섬뜩한 장면들이 휙휙 스쳐 지나간다. 광기(狂氣)가 서린 왕의 이글거리는 눈동자, 망나니가 칼춤을 추고, 새빨갛게 달아오른 인두는 무고한 죄인들의 가슴을 지져 대고, 이어 처참하게 잘린 목이 성문 밖에 내걸린다…….

노빈손은 간담이 서늘해졌다. 그런 노빈손의 심정을 아는지 모르는지 선비는 대뜸 목소리를 높였다.

"이놈이 뭐라 지껄이는 거야? 연산군이라니?"

"연산군 모르세요? 조선 왕조의 최고 폭군이자, 패륜아로 알려진……."

"뭐, 뭐야? 이놈이! 입을 함부로 놀리다니! 정말 네놈의 모가지는 열 개라도 된단 말이냐?"

선비가 펄쩍 뛰며 주위를 살폈다. 그때 또 다른 생각이 노빈손의 머릿속을 스쳤다.

'가만, 연산군 시대라면……?'

노빈손은 다시 한번 소름이 돋았다.

"이 옷 때문이군요. 이 옷에 쓰인 한글 때문에 내가 잡혀 온 것 맞지요? 지금은 연산군이 한글 금지법을 내렸고요. 아닌가요?"

"한글? 연산군이라니?"

아차, 한글이란 이름은 훗날 정해졌으니까 모르겠군. 연산군도 왕이 죽은 후에 붙인 묘호니까.

노빈손은 옷을 가리키며 다시 말했다.

"그러니까 한글, 아니 이 언문 때문에 지금 나라가 발칵 뒤집혔다는 거죠?"

"이제야 말귀를 알아듣는 모양이군. 주상

연산군 (1476~1506)

조선의 10대 임금으로, 이름은 융이다. 폐비 윤씨가 죽은 뒤, 자순대비에 의해 자랐다. 어릴 때는 총명했으나, 성장하면서 공부를 게을리했다. 즉위 초년에는 선정을 베푸는 듯했으나, 두 번의 사화를 거치면서 포악한 성질을 드러냈다. 음주가무를 즐겼으며, 사사로이 국고를 낭비하여 백성들의 원성이 컸다. 1506년, 신하들에 의해 쫓겨나 그해 겨울 강화도에서 31세의 나이로 숨을 거두었다.

전하께서 이미 지난여름에 언문을 사용하는 자는 기훼제서율(棄毀制書律)과 제서유위율(制書有違律)로 다스리겠노라 포고하셨느니라! 이제 사대문 안에는 언문 책이 씨가 말랐고 언문을 사용하는 사람들은 아이고 어른이고 남김없이 감옥에 갇혔단 말이다!"

"기훼제……. 그, 그게 뭐지요? 그렇게 어려운 한자는……."

오래전, '한중록(閑中錄)'을 '간중록(間中錄)'이라고 읽은 기억이 스쳐 지나갔다. 노빈손은 얼굴이 달아올랐다.

"아무리 오랑캐 놈이지만 조선 땅에 들어와 살면서 나라님이 내린 법을 모른단 말이냐? 기훼제서율이란 어명을 어기면 참형에 처한다는 법규가 아니더냐. 그리고 제서유위율은 어명을 어기면 곧장 100대를 때리는 처벌이니라. 이제부터 언문을 사용한 자는 기훼제서율로, 언문을 사용하는 자를 보고도 신고하지 않은 자는 제서유위율로 처벌받는단 말이다. 모든 언문 책을 불사르는 것은 물론이고."

아, 그렇구나. 포졸들이 나를 보자마자 달려들었던 것은 바로 셔츠에 서너 줄 쓰여 있던 옛 한글 때문이었구나. 노빈손은 고개를 끄덕였다.

그나저나 이건 또 무슨 황당한 일인가? 한글이라면 다시 세종대왕 시대로 왔어야지, 왜 연산군이란 말인가.

선비의 말이 맞는다면 지금은 연산군 시대

묘호란?

묘호(廟號)는 임금이 승하한 뒤 그의 공덕을 기려 붙이는 이름이다. 보통 '조'나 '종'을 붙인다. 나라를 새로 창업했거나, 혹은 그에 비견될 만큼 나라를 새롭게 일군 왕, 커다란 위기에서 나라를 구한 임금에게는 '조'를 붙이고, 선대의 업적을 잘 따르고, 덕으로 나라를 다스린 임금에게는 '종'을 붙인다. 하지만 폭정으로 쫓겨난 왕에게는 묘호를 붙이지 않는다. 조선 시대에는 연산군과 광해군이 묘호를 받지 못했다.

이고, 한글 금지법이 공표된 해니 1504년 가을이다.

그런데 가만……, 1504년이라고? 그렇다면 조선 왕조 시대를 통틀어 가장 살벌했던 때가 아닌가?

복면의 무사

밤.

바깥 어딘가에서 개 짖는 소리가 들렸다. 그 부근에서 서성거렸음직한 바람이 창문을 타고 슬며시 감옥 안으로 불어왔다. 초가을이었지만 밤공기가 제법 서늘했다.

그런 중에도 선비는 잠이 든 듯 낮은 숨소리를 내고 있었다. 옆에 누운 노빈손은 눈을 감았지만, 잠이 올 리 없었다.

한참을 뒤척이고 있는데 옥사 바깥에서 이상한 소리가 들려왔다.

"스스슷!"

"윽! 어허헉!"

몇 번 그런 소리가 들리더니, 낮고 빠른 발소리가 그 뒤를 따랐다.

탁탁, 타타탁!

노빈손은 눈을 떴다. 가볍다 못해 경쾌한 발소리였다.

잠시 후, 그 발자국 소리가 노빈손의 머리맡에서 멎었다.

노빈손은 살포시 실눈을 떴다. 복면을 쓴 시커먼 그림자가 노빈손이 갇힌 감옥의 열쇠를 풀기 시작했다. 곧 감옥 문이 열렸다. 복면이

민첩한 움직임으로 안에 들어왔다.

'역시 어딜 가나 나를 구해 주는 사람은 있구나. 다행이야!'

노빈손은 넘겨짚어 생각했다. 하지만 복면은 노빈손을 거들떠보지도 않고 구석에 잠들어 있는 선비에게 조심스럽게 다가갔다.

"선비님, 진독청의 윤휘 저작님 맞으십니까?"

"누, 누구요?"

"어서 일어나십시오. 빨리 빠져나가야 합니다. 시간이 없습니다."

복면은 윤휘를 일으켜 세웠다. 윤휘는 따라 일어났다. 복면이 앞장서자, 그 뒤를 따랐다.

'어어, 이건 아니지!'

노빈손은 벌떡 일어나 윤휘의 바짓가랑이를 잡았다.

"선비님, 어딜 가시는 거예요. 나도 데려가요."

조선 시대의 감옥

조선 후기에 쓰인 『육전조례』에는 '남자의 감옥과 여자의 감옥을 분리하여 담을 쌓는다. 또한 감옥의 바닥에는 판자를 깔고 신선한 공기가 통하게 판자벽을 설치한다. 아울러 나무문을 만들어 큰 쇄를 채운다'라고 적혀 있다. 보통 형조, 사헌부, 승정원, 병조 등의 기관에 모두 감옥이 설치되어 있었지만, 일반 백성들이 가는 감옥은 '전옥서'라 불리는 형조의 감옥이었다.

아, 이거 정말 모양 빠진다. 조선 시대 최고의 과학자인 장영실에게 스카우트가 되었던 몸인데, 이제는 목숨을 구걸하는 처지라니. 실로 노빈손의 굴욕이 아닌가. 하지만 일단 감옥에서 나가는 게 우선이었다.

"선비님, 이놈은 누굽니까? 아는 자입니까?"

"아니오. 내가 보기에는 야인 같은데, 도무지 저 물건의 정체를 모르겠소."

으으. 물건이라니!

"그럼, 떼 놓고 가시지요. 혹을 달고 갈 수는 없습니다."

에헤! 이건 아니지. 나만 혼자 죽을 수는 없는 거야. 찰거머리 작전이다! 노빈손은 윤휘의 바짓가랑이를 더 세게 움켜잡았다.

"아이고, 선비님. 절대 못 갑니다. 나를 두고는 십 리도 못 가서 발병 나요."

"어허, 이놈 보게. 너 지금 이 선비님이랑 사귀냐? 어서 선비님의 바짓가랑이를 놓아라!"

복면이 말했다. 큰 소리를 내지 않으려고 애쓰는 게 느껴졌다.

그러자 윤휘가 나섰다.

"안 되겠소. 이놈도 데려갑시다. 일단 나가서 적당한 곳에서 떨쳐 버립시다."

"알겠습니다. 이놈아, 선비님 때문에 살려 주는 것이다. 쥐 죽은 듯이 따라와야 해."

"헤헤. 여부가 있겠습니까."

노빈손은 그제야 마음을 놓고 둘을 따라나섰다. 하지만 감옥을 채 빠져나오기도 전에 포졸들이 앞을 막았다.

"잡아라! 죄인들이 탈출한다!"

"선비님, 물러서십시오."

윤휘의 앞을 막아선 복면은 빠르게 칼을 뽑았다.

복면의 칼솜씨는 눈이 부셨다. 긴 창을 들고 달려드는 포졸의 창 끝을 능숙하게 피하더니, 칼집으로 포졸의 머리를 내리쳤다. 이어 넘어진 포졸을 밟고 뛰어올라 그 뒤를 따라오던 포졸의 얼굴을 발로 내리찍었다.

"아욱!"

밟힌 포졸의 비명이 채 끝나기도 전에 칼 뒤 끝을 세 번째 포졸의 명치에 꽂았다. 칼을 휘두르면서도 목숨을 빼앗지 않고 상대를 제압하는 솜씨가 놀라웠다. 이거 무슨 일지매라도

폐비 윤씨

연산군의 어머니. 질투심이 많아 남편인 성종이 후궁을 두는 것을 매우 싫어했다. 그녀는 비상(독약)을 품고 있기도 했으며, 말다툼 끝에 임금의 얼굴을 할퀴어 상처를 내기도 했다. 이 일로 인수대비(성종의 어머니)가 크게 노하고 마침내 윤씨는 폐비가 되어 궁궐에서 쫓겨난다. 몇 년 후 결국 사약을 받아 죽게 된다.

되는 건가?

그런데 그때였다. 어디서 나타났는지 또 다른 포졸 하나가 칼을 들고 살금살금 윤휘의 뒤로 다가서고 있었다. 금방이라도 칼을 휘두를 태세였다.

"에라, 모르겠다!"

노빈손은 얼결에 달려들어 포졸의 뒤통수를 머리로 받았다.

"아이쿠!"

포졸의 머리통도 만만치 않게 단단했다.

핑그르르! 또다시 별이 보이더니 머리 위를 돌았다.

낙천정의 은인

관아를 벗어나 큰 고개를 하나 넘었다. 복면이 걸음을 멈추었다.

"이쯤 왔으니 안심해도 될 듯합니다."

겨우 쉴 수 있게 된 노빈손과 윤휘는 멈춰 선 채로 한숨 돌렸다. 그런 두 사람을 바라보던 무사가 복면을 벗었다.

헉! 이 무슨 반전인가. 복면 아래에서 예쁘장한 여자의 얼굴이 드러났다.

"저는 매향이라고 합니다. 혹 안빈세 대감마님을 아시는지요?"

복면의 정체가 여자인 것도 놀라웠지만, 윤휘는 그녀의 말 때문에 다시 한번 놀랐다.

"알다마다요. 내가 어찌 그분을 잊는단 말이오. 나와 아비에게 크
나큰 은혜를 베풀어 주신 분입니다."

"그러시군요. 그럼, 그분이 정의공주님의 넷째 아드님이시라는 것
도……?"

정의공주라면? 노빈손도 그쯤은 알고 있었기에 끼어들었다.

"정의공주시라면 세종대왕의 작은따님 맞으시지요? 훈민정음을
만드는 데 큰 공을 세우신……."

복면 무사, 아니 매향이 힐끗 쳐다보더니 쉿! 하면서 입을 막았다.
노빈손은 뻘쭘해졌다.

"안빈세 대감과의 인연은 아주 오래전부터였다오. 내가 태어나기
도 전이었지요."

윤휘는 눈을 가늘게 뜨고 말을 꺼냈다.

세종대왕이 왕위에 오른 이듬해, 궁궐 동쪽의 아리수(한강) 강변에
멋진 정자가 하나 지어졌다. 좌의정 박은은 그 이름을 '낙천정(樂天
亭)'이라고 지었다. '낙천'은 『주역』이라는 책에서 빌려온 이름이었
다.

그 낙천정을 지은 사람이 윤휘의 할아버지였다. 그리고 바로 그곳
에서 세종대왕과 상왕이신 태종대왕까지 함께 나오셔서 대마도를
정벌하고 온 이종무 장군을 환대했다. 세종대왕께서 왕위에 오르신
바로 그다음 해의 일이었다.

할아버지는 그 이후에도 열흘에 한 번씩은 낙천정에 올라가 깨진
기와가 있으면 새것으로 바꾸었고, 혹 부서진 난간은 수시로 고쳤

다. 그것이 할아버지의 일이었다.

그런데 몇 년 뒤 낙천정의 주인이 정의공주로 바뀌었다. 태종대왕이 승하하신 후, 세종대왕이 낙천정을 거두어 정의공주에게 하사하신 것이다. 하지만 정의공주는 낙천정을 지키고 보수하는 일을 할아버지에게 계속 맡겼다. 그리고 할아버지는 아버지에게 그 일을 대물림했다.

할아버지도 그랬지만, 아버지도 낙천정 구석구석을 성심성의껏 어루만졌다. 비가 오나 눈이 오나, 마치 제집 안방 돌보듯이 쓸고 닦았다.

그러다가 주인이 또다시 바뀌었다. 정의공주가 낙천정을 넷째 아들인 안빈세 대감에게 물려주었던 것이다. 그러면서 안빈세 대감과의 인연이 시작되었다.

"하지만 낙천정은 양잠실로 바뀌었지요. 내가 태어나기도 전에 말이오."

안타깝다는 표정으로 윤휘가 말했다.

"잠실이면 누에 치는 곳 말이에요? 그럼, 아버님께서도 더 이상 낙천정을 돌보진 않으셨겠네요."

노빈손이 끼어들어 물었다.

"아니야. 양잠실로 변한 후에도 그 건물은 남아 있기 때문에 이따금씩 돌아보곤 하셨지. 그리고 낙천정이 그리되었다고 안빈세 대감

정의공주

세종의 둘째 딸. 1428년에 공주로 봉해졌다. 세종이 훈민정음을 연구할 당시 깊이 관여한 것으로 알려졌으며 『죽산안씨족보』에 '정의공주가 정음 창제를 도왔다' 는 기록이 있다. 이와 같은 공으로 세종이 태종을 위해 지었던 낙천정을 정의공주가 하사받았다. 이후 정의공주는 낙천정을 아들 안빈세에게 물려주었다. 묘는 도봉산 기슭에 있다.

과의 인연이 끊어진 게 아니었어."

"어떻게 말입니까?"

이번에는 매향이 끼어들어 물었다.

"내 아버지께서 직접 그 댁의 뒤뜰에 정자를 지으셨는데, 낙천정과 아주 똑같이 만드셨다고 했소. 안빈세 대감은 그 정자의 이름을 소낙천정이라 짓고, 이후에도 그곳에서 글을 읽곤 하셨다고 들었지요."

윤휘는 먼 하늘을 쳐다보았다. 파란 하늘이 눈이 부셨다.

잠시 후에 매향이 다시 나섰다.

"그런데 참 이상하군요. 선비님께서는 어찌 글공부를 하게 되셨지요? 부친께서 목수셨다면 양반은 아니었을 텐데……."

"거기엔 사연이 있다오. 내가 채 열 살도 안 되었을 때, 안빈세 대감은 제 아비에게 식솔들을 이끌고 함길도 땅으로 가라고 했지요."

"함길도요?"

"그렇소. 세종대왕 때부터 '사민정책(徙民政策)'이라 하여 야인들로부터 되찾은 땅에 조선 사람을 이주시켜 살게 하는 일이 있었다오."

"그래서 그쪽으로 가서 살게 하고 신분을 높여 주셨군요."

"그랬지요. 어린 저에게 책까지 한 보따리

사민정책

사민정책(徙民政策)은 북방 이주 정책을 뜻한다. 국경에 자주 출몰하던 여진족을 몰아내고 그곳에 주민을 정착시켜 융성시키려는 정책이다. 고려 시대 윤관이 9성을 쌓은 뒤부터 시행되어 왔다. 조선 초기에는 전국에서 이민자를 모집했다. 이민자들 가운데 양반에게는 벼슬을 주거나 토지를 하사했다. 노비에게는 양민이 될 기회도 주었으나 땅이 척박하여 많은 사람들이 목숨을 잃었다. 함길도는 함경도의 조선 시대 이름.

내주시며, '너는 장차 훌륭한 선비가 되겠구나!' 하셨답니다."

"열심히 공부하셔서 결국 훈민정음을 만든 쟁쟁한 학사들이 있는 집현전에 들어가셨군요! 아니, 지금은 진독청……."

노빈손은 떠벌이다가 말고 입을 닫았다. 아까는 매향이 그러더니, 이번에는 윤휘가 손가락을 입에 대고 조용히 하라는 신호를 보냈기 때문이었다.

휴! 이거 무슨 훈민정음이 '오늘의 금기어'라도 되는 건가. 훈민정음 소리만 나오면 입을 틀어막으려고 하네. 알았어. 그럼, 이제부터 당분간 훈민정음은 '삐리리'라고 할 거야. 노빈손은 혼자 주먹까지 꽉 쥐며 다짐했다.

불타는 훈민정음

"그나저나 안빈세 대감께서 어쩐 일로 소인을 부르시는 겁니까?"

"다름이 아니라……."

윤휘가 묻자 매향은 입을 열다 말고 노빈손을 쳐다보았다.

"우선 저 자를 어디 치워 버리시지요."

헉! 갈수록 태산이라더니. 이젠 치운다고? 아예 분리수거를 한다고 그러시지!

"아니, 괜찮소. 생긴 건 돌멩이처럼 생겼어도 심성이 나빠 보이지는 않소. 더구나 용감하게도 제 옷에 언문을 써 가지고 다니질 않소.

허허!"

쳇! 감옥에서 탈출할 때 내가 구해 준 이야기는 왜 안 하는 거야?
아직도 머리가 띵한데.

매향은 어쩔 수 없다는 듯 입을 열었다.

"실은 안빈세 대감마님께서 『훈민정음』을 찾아오라 하셨습니다.
대감마님께서 말씀하시기를 윤 저작님이 진독청에 계실 거라
고……. 어떻게든, 윤 저작님과 진독청의 서고를 뒤져서라도 그 책
을 꼭 찾아오라고 하시더군요."

"뭐, 뭐라고요?"

"하여 저는 진독청에 사람을 넣어 살폈으나, 어제부터 나타나지
않으신다 하더군요. 그래서 여기저기를 수소문하였더니, 저 야인과
함께 끌려갔다고 하더이다."

"오오, 그랬구료. 그런데 어찌 이런 우연의 일치가……? 그렇지
않아도 나 역시 『훈민정음』을 찾고 있던 중이었소."

"그게 정말이십니까? 윤 저작님께서는 어찌하여 그 서책을 찾고
계십니까?"

어라! 이건 너무 불공평하잖아. 두 사람은 거침없이 훈민정음을
입에 담으면서 왜 내게는 자꾸 입을 다물라는 거야. 노빈손은 슬쩍
기분이 나빠졌다.

"난 처음엔 그저 세종대왕 때 간행된 『동국정운』이라는 책을 찾고
자 하였소."

"『동국정운』이라면 한글, 아니 언문으로 한자음을 정리했다는 책

말인가요?"

노빈손은 슬쩍 끼어들었다. 그래야 좀 아는 척이라도 해 주지 않을까 싶었다.

"흠. 네가 『동국정운』을 아느냐?"

"쳇! 그 정도는 나도 알아요. 세종대왕께서는 삐리리를 창제하고 나서 한자음의 혼란을 방지하고 표준 한자음을 만들기 위해서 중국의 여러 운서를 번역하게 하지요."

"그런데 이놈아, 삐리리가 뭐야!"

이젠 훈민정음이라는 말을 안 써도 뭐라고 하네.

"내가 훈민정음 이야기만 꺼내면 뭐라고 하기에, 난 그렇게 부르기로 했어요. 아무튼, 그 결과 여러 운서를 참조하여 완성해 낸 책이 바로 『동국정운』이고, 이 책은 지금도 삐리리를 연구하는 데 귀중한 자료로 쓰이고 있다구요."

"이놈이 누굴 놀리나? 자꾸 삐리리 삐리리 할래?"

매향이 소리를 높였다. 이것 참, 정말 어쩌라고! 노빈손은 소리를 꽥 지르고 싶었다.

"그나저나 야인 주제에 별것을 다 알고 있군."

"으아! 정말 자꾸만 야인이라고 하실 거예요? 저는 대한민국 표준 미남이란 말이에요."

"알았으니, 조용히 좀 하거라. 내 말 아직

안빈세

안빈세는 정의공주와 안맹담의 사이에서 태어난 넷째 아들이다. 1466년 동부승지를 제수받았고, 이듬해에는 공조참판을 제수받았다. 특히 글씨를 잘 썼으며, 어머니 정의공주 묘역의 전액과 글씨를 안빈세가 직접 썼다. 이 책에서는 연산군 치하에 살았던 것으로 나오지만, 실제로는 성종 9년(1478년)에 34세를 일기로 세상을 떠났다. 사망 당시 품계는 정2품 지중추부사였다.

끝나지 않았느니라."

하는 수 없이 노빈손은 입을 다물었다. 윤휘의 이야기는 계속되었다.

"아무튼 나는 그때 외국어, 특히 중국어와 여진어를 공부하고 있었는데, 통일된 한자음이 없어서 아주 애를 먹고 있었거든. 그래서 『동국정운』을 찾게 되었지. 하지만 그 책은 언문을 읽을 수 없으면 소용이 없더군."

"그래서 생각해 낸 것이 『훈민정음』이로군요."

매향이 나섰다.

"그렇지요. 내 스스로 언문을 공부하여 보려고 했던 것이오. 그러나 마침 언문 금지령이 포고되어 언문 책들이 모조리 사라졌고, 나 또한 진독청 서고를 뒤졌으나 찾을 수가 없었소."

아까 분명 분서 사건이라고 했겠다? 그렇다면 연산군 시대의 한글 금지법이 단순히 언문을 못 쓰게 하려는 사소한 사건이 아니었단 말인가?

그렇구나. 노빈손은 고개를 끄덕였다. 윤휘의 말에 따르면 연산군은 간신들의 모함에 휘둘려 수많은 신하들을 죽음으로 내몰았다. 그리고 자신은 주색잡기에 빠져 버렸다.

'아, 전국에서 기생을 모았다고 하더니 미스 조선의 행렬도 그것이었구나.'

그 때문에 백성들의 원성이 들끓어도 임금은 돌아보지 않았다. 기어코 이를 비방하는 언문 투서가 궁궐 안팎에 나돌았고, 자고 일어나면 관아의 담벼락에도 괘서가 붙었다. 하지만 임금은 제 잘못을 돌아보기는커녕, 오히려 언문을 쓰지 말도록 어명을 내렸고 이때 수많은 언문 서적들이 불타 버렸던 것이다.

동국정운(東國正韻)이란 '우리나라의 바른 음'이라는 뜻이다. 세종 30년인 1448년에 간행되었다. 이전까지 혼란스럽던 한자음을 바로잡고자 만들어진, 표준음에 관한 우리나라 최초의 책이다. 한자음을 우리 음으로 표기했다는 것에 큰 의미가 있다. 신숙주·최항·박팽년 등이 참여하여 편찬했다. 중국의 운서인 『홍무정운』과 대비될 정도로 연구 가치가 높은 책이다.

정의공주의 편지

매향이라. 아까부터 들었던 생각인데, 이름이 참 그럴듯하다. 매화 향기란 뜻인가? 매서운 추위에도 견디며 꽃을 피운다는 매화. 그러고 보니 다부진 얼굴이 잘 어울린다. 툭하면 내뱉는 독설만 빼고!

노빈손은 매향을 잠깐 쳐다보고 씩 웃었다.

그때, 매향의 칼집이 노빈손의 머리통을 톡 건드렸다.

"이놈아. 너 왜 자꾸 실실 웃어! 정신이 들어왔다가 나갔다가 하냐? 넌 대체 뭐 하는 놈이냐? 정말 야인 놈이더냐?"

"야인 아니야……요. 그런데 그쪽은 몇 살이셔요? 왜 꼬박꼬박 반말을……."

"그럼 너도 말 놓던가!"

으으. 얼굴만 예쁘지, 성질은 말숙이 뺨치네. 하는 수 없지.

"아무튼 나는 엄연한 대한민국의 청년이란 말인데……요."

"대한민국? 그건 어디에 있는 나라더냐?"

윤휘가 물었다.

"어디긴요. 미래의 조선이지요."

"뭐야? 그럼 네놈이 미래에서 왔다는 말을 하는 게냐? 이런 정신 나간 놈을 보았나? 불쌍한 생각이 들어서 데려왔더니 끝까지 헛소리를 해대는구나."

퍽! 윤휘가 노빈손의 머리를 내리쳤다. 거참, 선비가 손버릇 한번

고약하다. 툭하면 손부터 올리니 원. 어디서 왔냐고 묻기에 사실대
로 말했을 뿐인데, 어쩌라고?

"이름은?"

이번엔 매향이 물었다.

"노빈손……."

"노빈손? 이름이 뭐 그래? 야인 이름 맞네. 킥킥."

어라! 매향이 혀를 내밀고 웃었다. 싸늘한 여자애가 저런 면도 있
다니. 노빈손으로서는 좀 의외였다. 하지만 그런 귀여운 표정에 넋
놓고 있을 때가 아니었다.

"거참, 야인 아니라는데 왜 그러셔……요?"

"선비님, 신경 쓰지 마십시오. 저놈이 우리
에게서 떨어지려 하지 않으니, 놈이 잠들었을
때 몰래 내빼면 됩니다."

혁! 무슨 음모를 이렇게 노골적으로 꾸민다
냐.

"그나저나 어서 안빈세 대감마님께 가셔야
지요."

"글쎄요. 대감께서 『훈민정음』을 찾으신다
고 하니, 며칠 동안 그 방도를 더 알아보아야
겠소이다. 빈손으로 뵙기가 송구하오."

"하오면 이걸 먼저 보시겠습니까?"

매향은 품속에서 둘둘 말린 종이 뭉치를 꺼

『조선왕조실록』을 보면, 연산 10
년(1504년 갑자, 명 홍치(弘治)
17년) 12월 10일(병인)에 병조 정
랑 조계형에게 명을 내려 언문으
로 역서를 번역하도록 했다는 기
록이 있다. 언문 금지령을 내릴
때는 언제고 이번에는 언문으로
책을 만들라고 시키고 있는 것이
다. 또한 연산군의 A급 기생들이
었던 흥청들의 노래 교본도 언문
으로 작성되었다. 즉 연산군은
언문이 싫었다기보다 백성들이
언문으로 자신을 욕하는 것이 싫
었던 모양이다.

내 놓았다. 윤휘가 그것을 펼쳤는데, 한 장은 한글로 쓴 편지였고, 또 하나는 그림을 그린 종이가 반으로 접혀 있었다.

"이게 뭡니까?"

"이건 정의공주님의 서신입니다."

매향이 들려준 이야기는 이랬다. 매향의 어머니는 어릴 때부터 정의공주를 곁에서 보살피신 분이었다. 정의공주가 돌아가신 뒤에는 윤휘처럼 사민정책에 따라 함길도로 갔었으나, 지난여름 언문 금지령이 온 나라에 퍼지자 어머니가 급히 한양으로 돌아와선 이 서신을 내놓더라는 것이었다.

"아무튼 제가 안빈세 대감마님을 찾아가고, 또 선비님을 찾아 나서게 된 것도, 그 시작은 어머니, 아니 이 서신 때문입니다. 이곳에 온 뒤 어머니가 풍을 맞아 쓰러지셨는데, 그 뒤에도 이것만은 절대 손에서 놓지 않으셨습니다."

매향의 말에 고개를 끄덕이던 노빈손은 얼결에 먼저 편지를 읽기 시작했다.

"흠! 홍주야. 막상 이렇게 부르고 보니……."

하지만 노빈손은 곧 멈추었다. 또 윤휘에게 꾸지람을 들을 것 같아서였다.

왜 아닐까? 여지없이 윤휘가 옆구리를 쿡 찔렀다.

흔히 왕의 딸을 공주라고 칭한다. 그런데 조선 초기까지는 '공주'와 '옹주'가 뒤섞여 쓰였다. 심지어 후궁을 공주라 부르기도 했다. 성종 이후 호칭이 정리되었는데, 이때부터 왕과 왕후 사이에서 낳은 딸만을 공주라 칭하고 왕과 후궁 사이에서 낳은 딸을 옹주라 칭했다. 다만 공주와 옹주는 왕의 자식이었으므로, 후궁처럼 따로 품계가 주어지지 않았다. 이를테면 품계를 초월한 특별한 신분이었던 것이다. 이들은 나이가 차면 유력한 집안의 남자와 혼인을 하였다.

"아유! 그래서 아무 소리 안 하잖아요. 그냥 속으로 읽을게요."

"아니다. 저, 그게……. 네놈이 언문을 좀 아는 것 같으니, 한번 읽어 보려무나."

"설마, 이걸 못 읽으시는 건 아니죠?"

이건 웬 황당한 경우란 말인가. 무슨 선비라는 사람이 글을 모른 다냐. 푸하하!

"이놈아! 내가 언문을 언제 배웠어야 말이지. 배우려고 책을 찾다

보니……."

윤휘도 질세라 목소리를 높였지만 어느새 땀을 비오듯 흘린다. 어제만큼은 아니었지만. 버릇인가?

노빈손은 앙큼한 미소를 지었다. 흐흐. 그럼, 멋들어지게 읽어 드리지요.

편지에는 고문에서나 이따금 볼 수 있었던 글자들이 여러 군데 섞여 있었다. 하지만 더듬거리면서 뜻을 짜맞추는 데는 그리 어렵지 않았다. 노빈손은 읽기 시작했다.

홍주야.

막상 이렇게 부르고 보니 마치 어린 손녀를 부르는 듯하구나. 너는 펄쩍 뛰면서 당치 않다고 그러겠지만, 나는 너를 하찮은 몸종으로만 생각하지 않았단다. 더욱이 아버님, 아니 주상 전하를 도와 훈민정음을 만들면서 나는 사람이란 아무리 처지가 달라도 소통하고 서로를 진심으로 이해해 주지 않으면 안 된다고 믿게 되었단다. 새 글자는 사실 그런 이치를 담고 있단다.

훈민정음을 만들면서, 나는 이 새로운 글자가 정말 한자를 대신할 수 있을까 한동안 고민했었단다. 그래서 시험 삼아 너에게 처음으로 훈민정음을 가르치기 시작했지. 세상에! 너는 어찌나 똑똑하던지, 불과 보름도 안 되어서 훈민정음 쓰는 법을 익히더구나. 아마 네가 아니었다면, 나는 확신을 갖지 못했을 게다.

그래, 나는 자신이 없었단다. 주상 전하를 좇아 새 글자를 만들었지만, 또한 그것이 우주와 천문을 본뜨고 하늘과 땅의 이치를 통달하여 만든 글자라 하지만, 과연 쉬이 쓰일 수 있을 것인지는 확신이 서질 않았지.

그러나 나는 너를 통해 확신을 가졌단다. 물론 너는 명석한 아이라 누구보다 빨리 배웠을 테지만 말이다.

홍주야.

어느덧 훈민정음에 나의 혼이 들어가고, 나의 정신이 배어서 그것이 없는 나를 상상할 수가 없구나. 하지만 훈민정음은, 마치 어린 아이가 자라면서 홍역을 치르고, 때론 전염병에 걸려 고생하듯이, 필시 미워하는 자들에

의하여 땅속에 묻히고, 혹은 찢겨지거나 참혹하게 꺾이
고 부서지는 고통을 당할지도 모르겠구나.

　그리하여 부탁하노니, 행여 네가 살아 있는 동안 그런
날이 오거든, 선왕께서 납시어 승전을 축하하였더니, 세
월이 수상하여 지금은 네 번 잠자고 일어나면 또 한 꺼
풀을 벗는 짐승의 집에 가서 훈민정음을 찾도록 해라.

티셔츠의 비밀

"세상에! 그렇다면 정의공주께서는 오늘과 같은 날이 오리라는 것
을 미리 예측하고 있었단 뜻이 아닙니까?"
　윤휘는 한동안 말을 잇지 못했다. 먼 산을 바라보면서 무슨 생각
을 하는 것 같았다.
　노빈손은 매향이 들고 있는 또 한 장의 종이를 보고 물었다.
　"저건……?"
　매향이 힐끔 노빈손을 쳐다보다가 톡 쏘았다.

"너 같은 야인 놈이 알아서 무엇하려고? 정의공주님의 옥안(玉顏, 지체가 높은 사람의 얼굴)이시다. 어머니께서 그 댁을 드나들던 환쟁이한테 은밀하게 부탁하여 그린 것이라 하더구나."

매향은 접혀져 있던 종이를 펼쳤다. 순간, 노빈손은 깜짝 놀랐다.

"저, 저……."

입이 떨어지지 않았다.

"허허! 이놈은 또 왜 이러느냐? 갑자기 무슨 벙어리라도 된 것이냐?"

윤휘가 나무랐다.

"저, 저분은……. 제 옷……. 그래요. 이 옷을 나에게 준 할머니가 바로 이분이세요. 바로 이 할머니였다구요."

틀림없었다. 먹으로 그린 그림이었지만, 그 특징과 윤곽이 흡사했다. 『세종장헌대왕실록』을 찾으시던 바로 그 할머니였다.

그러나 돌아온 것은 매질이었다.

퍽! 퍼퍽!

"네 이놈! 공주마마께 할머니라니, 불손하기 이를 데 없구나."

"아아, 아무튼 저 할머니, 아니 저분이 이 옷을 주셨다구요."

노빈손은 제 가슴을 탁탁 치면서 말했다. 윤휘가 소리를 쳤다.

잃어버린 3년?

세종은 훈민정음을 창제하고 3년 동안 반포하지 않았다. 왜 그랬을까? 우선은 반대파를 무마시킬 시간이 필요했다. 특히 상소까지 올리며 반대했던 최만리와 같은 선비들을 설득할 시간이 필요했고, 또한 훈민정음이 새 글자로제 기능을 다할지 파악할 시간이 필요했다. 그래서 이 시간 동안 세종은 『용비어천가』를 만들어 훈민정음을 실험했던 것이다.

“뭐라고? 그래도 이놈이……”

“잠깐만요.”

매향이 손을 가로저으며 노빈손의 옷을 유심히 들여다보았다. 그러더니 미간을 찌푸리는 것이었다.

“이놈의 옷을 좀 보십시오. 이 야인 놈의 옷에 쓰인 글귀가……. 틀림없이 같은 내용이죠?”

“아니, 이럴 수가……”

얼결에 노빈손도 내려다보았다. 이제 보니 정의공주 편지의 끝 부분에 쓰여 있던 바로 그 내용이었다. 선왕께서 납시어 승전을 축하하였더니, 세월이 수상하여 지금은 네 번 잠자고 일어나면 또 한 꺼풀을 벗는 짐승의 집이 되어 버렸다는…….

“윤 저작님! 이놈의 주리를 틀어 볼까요?”

헉! 갑자기 주리를 튼다니? 노빈손은 편지의 마지막 구절을 반복해서 읽다가 말고 매향을 쳐다보았다. 매향이 날카로운 눈빛으로 쏘아보고 있었다.

“난 모른다니까! 그냥, 할머니께서 내 옷에 차를 쏟으셔서……”

변명은 통하지 않았다. 매향이 칼 손잡이까지 콱 움켜쥐는 게 아닌가? 얼굴은 예쁜 애가 성질은 왜 이리도 급할까.

다행히 윤휘가 나섰다.

주리를 튼다?

조선 시대에는 죄인의 자백을 받아 내기 위해 몇 가지 고문 방법이 허용되었다. 우선 태형과 장형. 이것은 면이 넓은 몽둥이로 엉덩이와 허벅지를 때리는 방법이다. 그리고 발톱을 뽑아 고통을 주는 ‘난장’이 있었다. 주리를 트는 방법도 있는데, 정강이 사이에 나무를 끼워 비트는 것으로 허벅지와 골반이 비틀어지는 듯한 통증을 느끼게 된다. 이 외에도 몸을 인두로 지지는 방법, 가마니로 몸을 감싸 사정없이 패는 방법 등이 사용되었다.

“우선은 그냥 두시오. 이놈과 어디 갈 데가 있소. 언문을 읽을 줄 아니 쓸모가 있을 듯하오.”

“네? 어디요?”

“어디긴 이놈아! 진독청이지. 어서 따라나서거라!”

노빈손이 묻는 말에 윤휘는 호통을 치더니 벌떡 일어났다.

“윤 저작님, 위험하지 않겠습니까? 조금 더 시일이 지난 후에 움직이시는 게 어떨지요?”

“괜찮소. 우리를 잡아 가둔 것은 궁궐 안 사람들이 아니니 별일 없을게요. 오히려 진독청에 오래 나타나지 않으면 그 때문에 의심받을지도 모르지요.”

하는 수 없이 노빈손은 윤휘를 따라 일어났다.

“네가 좀 도와줄 일이 있다. 그리고 앞으로는 형님이라고 부르거라.”

그렇게 말한 윤휘는 한 걸음 앞서 걸었다.

산마을을 지나치던 윤휘가 남의 집 담벼락에 널어놓은 저고리를 슬쩍 걷어 노빈손에게 건넸다. 노빈손은 에라 모르겠다 하는 심정으로 저고리를 받아 언문이 쓰인 티셔츠를 가렸다. 그리고 급히 윤휘를 따랐다.

분서갱유의 현장을 가다!

노빈손 기자,
알렉산드리아 도서관에 가다!

안녕하십니까? 저는 지금 2003년에 개관한 이집트 알렉산드리아 도서관에 나와 있습니다. 2천 년 전, 그런 참혹한 사고가 일어났던 것이 무색할 만큼 현대의 알렉산드리아 도서관은 웅장하기 그지없습니다.

기원전 3세기 초, 당시 세계에서 제일 컸던 도서관이 여기서 문을 열었습니다. 그 당시의 이름도 알렉산드리아 도서관이었습니다. 프톨레마이오스 왕조가 후원했으며, 로마 시대까지 명맥을 이어온 곳이기도 하지요. 이 도서관의 학자들은 당시 세계(특히 지중해와 그 부근)의 모든 서적을 그리스어(당시 알렉산드리아의 공식 언어)로 번역하고 있었습니다.

사고가 일어난 것은 기원전 48년 무렵입니다. 원인을 알 수 없는 화재로 도서관이 불에 타 버렸습니다. 이때, 인류의 역사를 증언해 줄 무수히 많은 책들이 잿더미가 되었습니다. 사라진 것 중에는 200

만 행에 달하는 조로아스터교의 텍스트도 있었고, 바빌론의 역사와 관련된 책도 있었으며, 구약성서를 그리스어로 번역한 성서의 원본도 있었습니다. 로마의 영웅 카이사르가 이집트를 방문했을 때 실수로 불태웠다는 설이 있지만 확실하지는 않으며, 원인은 여전히 미궁에 빠져 있습니다. 나안~, 고개를 갸웃거릴 뿐이고! 이상 알렉산드리아 도서관에서 전해 드렸습니다.

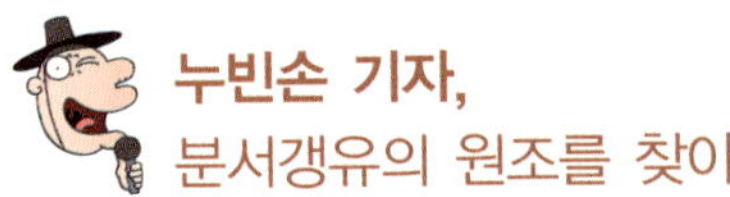

누빈손 기자,
분서갱유의 원조를 찾아

제가 취재를 나온 곳은 알렉산드리아 도서관의 화재 사건 못지않은 분서갱유가 일어났던 중국의 아방궁 옛 자리입니다. 분서갱유의 주인공은 바로 중국을 최초로 통일한 진시황입니다.

기자가 취재한 바에 따르면 원인은 이렇습니다. 당시 진나라는 통일 이전부터 우민 정책과 획일적인 사회 통제를 주장하는 법가 사상을 따르고 있었습니다. 그러므로 다른 일체의 사상을 허용하지 않았지요.

그러던 기원전 213년(시황 34년), 유생들이 진나라의 군현제(전국을 군과 현으로 나누고 중앙 정부에서 지방관을 보내 다스리는 제도)를 반대하고 봉건제(일종의 지방자치제)를 부활시킬 것을 주장하였습니다. 이것은 진시황의 정책에 정면으로 배치되는 것이었습니다.

결국 학문을 빙자한 정치 비판을 막는다는 명분 아래, 진시황은 『진기』 이외의 책들을 모두 불태우도록 명령하고 유생들을 산 채로 파묻었습니다. 이때 어마어마한 양의 책이 한줌의 잿더미로 변하고 말았습니다. 왠지 그때의 뜨거운 열기가 기자의 얼굴에도 스치는 듯합니다.

나빈손 기자, 히틀러의 유령을 만나러 독일로

저는 아름다운 독일의 거리에 자리 잡은 세계 최고의 명문대학 훔볼트 대학에 와 있습니다. 훔볼트 대학은 독일 베를린에서 가장 먼저 세워진 대학교입니다. 이 대학에서 노벨상 수상자가 무려 29명이나 나왔고, 그중 한 사람이 알버트 아인슈타인이지요. 그래서 독일 사람들은 훔볼트 대학을 흠모하며 자부심이 대단합니다.

그런데 1933년, 현대사에서 보기 드문 끔찍한 사건이 일어나고 말

았습니다. 이해 5월 10일, 정권을 장악한 히틀러의 나치스는 군홧발로 훔볼트 대학 도서관에 난입했던 것이지요. 그리고 무려 2만 5천 권이 넘는 책들을 기자 뒤로 보이는 베벨 광장으로 끌어냈습니다. 그중에는 당시 유명했던 소설가 토마스 만, 심리학자 지그문트 프로이트, 저명한 시인 하인리히 하이네와 볼테르의 책들이 포함되어 있었습니다. 그들은 지금까지도 세계인의 지성으로 추앙받는 사람들입니다. 하지만 나치스는 그들의 책들이 나치스의 정신에 위배된다는 이유로 남김없이 불태워 버렸던 것입니다. 지금도 베벨 광장에는 텅 빈 백색의 책장이 기념물로 놓여 있습니다. 이때의 분서갱유를 기억하기 위한 것이지요.

그런데 기자는 여기서 시민들에게 아주 희한한 이야기를 들었습니다. 이 사건이 일어나기 1백 년 전인 1821년, 시인인 하인리히 하이네가 마치 예언이라도 하듯 이런 시 한 구절을 남겼다는군요.

"책을 불태우는 곳에서는 사람도 불태운다."

머지않아 독일 나치스는 2차 세계대전을 일으켜 수많은 사람들을 죽음으로 내몰았습니다. 여러분, 섬뜩하지 않습니까? 이상, 나빈손 기자였습니다.

2장

대명회의 음모

호롱불이 흔들리며 긴 탁자에 둘러앉은 사내들의 얼굴을 일그러뜨렸다. 모두 여덟, 오로지 상석만 비어 있었다. 하나같이 초조한 얼굴이었다. 아마도 누군가를 기다리고 있는 듯 보였다.

과연 그때, 바깥에서 나지막한 소리가 들려왔다.

"직제학 조양범 영감께서 납시었습니다."

말이 떨어지기 무섭게 선비들이 일제히 일어났다.

잠시 후, 옅은 옥색이 은은하게 배어 있는 저고리를 입은 초로의 선비가 들어섰다. 갸름한 얼굴이 몹시 날카로워 보였다.

"모두들 앉으시오."

막 방으로 들어선 사내가 상석에 앉으며 말했다. 그는 헛기침을 두어 번 하고 먼저 홍성우에게 물었다. 홍성우는 그의 오른팔과 같은 수하이자 진독청의 벼슬아치였다.

"문유식의 일은 어찌 되었는가?"

"이화 마을 바깥으로 유인해 한 번에 절명시켰습니다. 시신은 강으로 던졌는데 그날 해질 무렵에 양화나루에서 발견되었답니다."

"책은? 『훈민정음』 말이야."

"여기 있습니다."

조양범의 물음에 홍성우는 빨간 보자기에 싸여 있는 책을 내밀었다. 조양범은 얼른 보따리를 풀었다.

그는 『훈민정음』을 이리저리 살피더니 혼잣말로 중얼거렸다.

"중간에 한쪽 귀퉁이가 찢어졌군. 음, 아무려면 어떤가? 그나저나 별 탈은 없겠지?"

"염려 마십시오. 미리 손을 써 놓아 관아에서는 특별한 조사를 하지 않을 것입니다. 그저 사나흘 시신을 보관하다가 가족들에게 돌려 주라고 했습니다."

"잘했네. 그리고 또 다른 소식은……?"

"일전에 흥인지문 담벼락에 괘서를 붙였던 신종관이란 자가 엊그제 붙잡혀 갔습니다."

홍성우 옆에 앉아 있던 선비가 입을 열었다.

"허허. 어쩌다가 그리됐는가?"

"하지만 염려 마십시오. 모르는 일이라고 딱 잡아떼고 있으니 말썽은 없을 것입니다. 입이 무거운 자입니다."

"아무튼 조심해야 하네. 주상 전하를 비방하는 괘서와 투서가 우리 대명회의 일이라는 사실이 발각되는 날에는 우리 모두 목숨을 내놓아야 할 것이야."

모두들 침을 꿀꺽 삼켰다. 조양범 역시 자신이 말해 놓고도 간담이 서늘해졌다. 누군가 앙심을 품고 고발이라도 한다면, 당장 목이 날아갈 수도 있을 것이었다.

대감과 영감

조선 시대에 높은 관리를 부를 때 쓰던 호칭. 본래는 판서나 의정 등 정2품 이상의 당상관을 대감이라 부르고, 종2품이나 정3품의 당상관을 영감이라 불렀다. 현대에는 영감이 나이 많은 노인의 존칭으로 바뀌었고, 남의 부인이 그 부인의 남편을 부르는 존칭 또는 중년 이상의 부인이 자기 남편을 가리키는 말이 되었다. 안빈세는 정2품 지중추부사이므로 대감, 조양범은 정3품 직제학이므로 영감이다.

하지만 언문 따위의 글이 발도 못 붙이게 하려면 그만한 위험쯤은 감수해야 한다고 생각했다.

기가 막힌 노릇이 아닌가. 엄연히 한자가 있거늘 새로운 문자라니! 이는 대국 명나라를 섬기지 않겠다는 말과 무엇이 다른가? 조양범은 긴 한숨을 내쉬었다.

"그나저나 마지막으로 하나 남았다는 『훈민정음』은 아직 찾지 못했는가?"

"그게 아직……. 하지만 염려 마십시오. 안빈세 대감의 뒤를 샅샅이 캐고 있습니다."

"마지막 남은 하나가 안빈세의 뒤를 캐면 나온단 말인가?"

"그렇습니다. 세종대왕 때 만들어진 28권의 『훈민정음』 중에서 2권이 정의공주의 손에 들어갔는데, 그중 하나는 안빈세 대감의 집에서 찾아냈으나 나머지 하나를 찾지 못했습니다. 그 댁의 하인 하나를 매수하여 감시하라 일렀으니 곧 기별이 올 것입니다."

그 말에 조양범은 고개를 끄덕였다.

"하지만 조심해야 하네. 그자가 지금은 벼슬을 내놓았다지만, 희미하게나마 왕족의 피가 섞인 사람일세."

"그 또한 명심하겠사옵니다만……."

홍성우는 깍듯이 머리를 조아리다가 문득

괘서가 뭐지?

괘서(掛書)는 보통 벽에 붙인다 하여 '벽서(壁書)'라고도 한다. 나라의 정책 등에 불만을 품은 개인 혹은 단체가 상대방을 저주하고 비난하는 내용을 담은 글을 써서 담벼락 등에 붙이는 것을 말한다. 특히 괘서는 사람들이 많이 지나다니는 곳이나, 관아 등의 기둥에 붙이기도 했다. 조선 전기, 특히 연산군 시대에는 하층민이 지배 계층에 대한 불만을 토로할 목적으로 수없이 괘서를 붙였다.

고개를 들었다.

"할 말이 있으면 하게."

"안빈세 대감을 어찌할 생각이십니까?"

그렇게 물으며 홍성우는 제 목을 그어 보였다.

"아직은 아닐세. 우선은 나머지 하나의 『훈민정음』을 찾아 없애는 것이 중요하네."

홍성우가 고개를 끄덕였다.

세상을 바꿀 훈민정음

"며칠 내로 명나라에서 사신이 올 것이네."

조양범은 달빛을 밟으며 앞서 걸어갔다. 그가 던진 말은 퍽 생소하게 들렸다. 뒤따르던 홍성우는 옆에 다가서며 물었다.

"사신이라니요? 궐내에서 그런 말은 못 들었사온대……."

"대국에서 훈민정음 때문에 보낸 비밀 사절단이라네. 곧 명나라의 상인들이 한양에 들어올 텐데, 그들과 함께 올 것이야."

"소인은 식견이 짧아 어찌 대국에서 이런 사소한 일로 사신을 보낸다는 것인지 알 수가 없습니다."

홍성우가 말했다. 그러자 조양범이 우뚝 멈추어 섰다.

"지금 이것이 사소한 일로 보이나? 자네는 언문에 대해서 얼마나 알고 있는가?"

"소인은 그저 몇 글자 읽을 줄 아는 정도입니다."

"언문이 그저 하찮은 글자라고 생각하는가?"

"생긴 것도 한자에 비하면 보잘것없지 않사옵니까? 게다가 한자
는 뜻글자여서 온 세상 만물을 다 표현하는데, 언문은 소리글자이지
않습니까."

조양범이 고개를 끄덕였다. 그러고는 잠시 동안 구름 사이로 숨어
들어가는 달을 쳐다보았다.

"그렇다면 오행(五行)과 음양(陰陽)을 알고 있는가?"

갑자기 무슨 뚱딴지 같은 소리인가? 언문이 오행과 음양이랑 무슨
관계가 있다고. 그래도 대답은 해야 할 듯싶었다.

"오행이라 함은 만물이 생겨났다가 사라지고, 또한 변화하는 데
있어서 기초가 되는 다섯 가지 원소를 말하지
요. 목(木), 화(火), 토(土), 금(金), 수(水)가 바
로 그것입니다. 즉 세상의 모든 것들은 이 다
섯 가지의 운동과 변화에 의해서 생겨나고 없
어진다는 것입니다. 그것은 우리가 살고 있는
세상의 자연물은 물론이고, 한 나라의 흥망성
쇠에도 영향을 미칩니다."

홍성우의 말에 조양범은 고개를 끄덕였다.

"맞다. 세상의 이치는 오행의 조화에 달렸
다고 볼 수 있지. 그렇다면 음양은 어떻게 설
명하면 되겠나?"

투서의 내용

궁궐 안팎과 관아에 붙은 괘서나
투서의 내용은 어떤 것이었을까?
처음에는 국왕 연산군을 직접 비
난하기보다는 측근을 모함하는
내용이 많았다. 이를테면, '이조
판서 강귀손이 청탁을 들어주고
그 사례로 노비와 토지, 옷감 등
을 받았다'와 같은 내용이었다.
그러다가 '우리 주상 전하는 신
하들의 목숨을 파리처럼 여긴다'
라든가 '우리 임금은 여자라면
무당까지도 손대려 한다'는 내용
등 보다 노골적으로 변해 갔다.

"음지가 있으면 양지가 있듯이 세상의 만물에는 '어두운 면(陰)'과 '밝은 면(陽)'이 공존하고 있음을 말합니다. 이 둘은 대립하고 있는 듯하지만, 서로가 의존하기도 하고 부족한 점을 보완해 주기도 합니다."

대답은 했지만, 뭔가 부족한 느낌이 없지 않았다. 그러나 조양범은 고개를 주억거렸다. 이게 무슨 선문답도 아니고, 갑자기 음양오행은 왜 묻는 것일까?

그런데 대답이 뜻밖이었다.

"언문은 겉으로 보기엔 그저 선 몇 가닥 긋고 내리고 한 것 같지만 그렇게 간단한 것이 아니네. 언문은 음양오행의 이치에 따라 만들어진 글자라네."

"영감, 그게 무슨 말씀이십니까?"

"언문이 닿소리와 홀소리로 되어 있다는 건 알고 있는가?"

"알고 있습니다. 닿소리와 홀소리가 조합되어 글자가 만들어진다고 들었습니다."

"맞아. 그런데 닿소리는 오행의 원리에 따라 만들어졌고, 홀소리는 음양의 원리를 그대로 담아내고 있어. 말하자면 언문은 고작 28자에 불과하지만, 세상의 이치를 그 안에 모두 담아내고 있는 게야."

"그, 그럴 리가……. 닿소리는 발음 기관의 모양을 흉내 내 만들어진 게 아니었습니까? 저는 그리 알고 있습니다만!"

"그래서 언문을 더 무시할 수 없다는 걸세. 발음 기관의 흉내를 냈다는 건 그만큼 과학적으로 만들어졌다는 뜻이고, 게다가 우주와 만물을 아우르는 철학까지 담아냈으니, 세상에 그런 글자가 어디에 또 있단 말인가?"

"저는 도무지 이해가 되질 않습니다."

홍성우는 고개를 갸웃거렸다. 조양범은 그의 말에 깊은 숨을 한 번 몰아쉬고 말을 이었다.

"내 일찍이 문자에 관심이 많아 훈민정음을 상세히 들여다본 적이 있는데……, 닿소리의 첫 글자가 다섯 개의 기본음으로 되어 있는 것만 보아도 알 수 있지. 'ㄱ'은 목(木)에 해당하는 글자이고, 'ㄴ'은 화(火)에, 'ㅁ'은 토(土), 'ㅅ'은 금(金), 'ㅇ'은 수(水)에 해당하는 글자라네."

"그럼 다른 글자는요?"

"나머지 글자들은 바로 이 다섯 개의 기본 글자들에 획을 더하여 또 다른 글자를 만든다네. 'ㄱ'에 획을 더하여 'ㅋ'을 만든다거나, 혹은 'ㄴ'에 획을 더하여 'ㄷ'과 'ㅌ'을 만드는 것처럼 말이야. 이 또한 얼마나 합리적인가?"

뒷목이 서늘함은 단지 가을바람 때문만은 아니리라. 홍성우는 조양범의 입에서 나오는 한마디 한마디가 놀랍기만 했다.

"그럼 홀소리는 어찌된 겁니까?"

"언문의 홀소리는 하늘과 땅과 사람의 조화를 염두에 두고 만들어졌네. 홀소리에는 3개의 기본 자모가 있네. 'ㆍ'와 'ㅣ'와 'ㅡ'이지. 그런데 'ㆍ'는 하늘을 뜻하고, 'ㅣ'는 반듯이 선 사람을 의미한다네. 그리고 'ㅡ'는 평평한 땅의 모습이지."

"하온대 그것으로 어찌 음양을 표현한다는 말씀입니까?"

홍성우는 여전히 이해가 되지 않았다. 그러자 조양범은 뜻 모를 미소를 지으며 질문에

**모음은 홀소리,
자음은 닿소리**

모음은 '홀로' 소리를 만들어 낼 수 있기 때문에 홀소리라 부르는 것이고, 자음은 모음과 닿아야 소리를 내기 때문에 닿소리라고 부른다. 이를테면, 'ㄴ'이나 'ㄹ'은 '니은'과 '리을'로 읽지, 그것 자체로 소리를 갖고 있지 않다. 반드시 '나', '라'처럼 모음에 '닿아야' 소리를 만들어내기 때문에 닿소리라고 한다.

대답했다.

“이치는 간단하다네. 바로 ‘·’의 위치에 따라 그 글자가 양의 기운을 갖기도 하고 음의 기운을 갖기도 한단 말일세.”

“그게……”

“내 말 끝까지 들어 보게. 가령 ‘·’이 위쪽이나 오른쪽에 붙으면 ‘ㅏ’, ‘ㅗ’, ‘ㅑ’, ‘ㅛ’와 같은 글자를 만들게 되는데, 이때는 양의 기운을 불러일으키면서 그 글자를 발음할 때는 따뜻하게 느껴지네.”

“그럼 반대로……?”

“반대로 ‘·’이 아래쪽이나 왼쪽에 붙어서 ‘ㅓ’, ‘ㅜ’, ‘ㅕ’, ‘ㅠ’와 같은 홀소리를 만들게 되면, 이 홀소리가 들어간 글자들은 차갑고 음의 기운을 느끼게 하지.”

홍성우는 아무 말도 하지 못했다. 멍한 표정으로 조양범을 바라볼 뿐이었다. 그러자 조양범은 차갑게 웃으며 한 마디 덧붙였다.

“이보다 완벽한 문자는 없네. 이 문자가 널리 퍼지게 된다면, 세상이 뒤바뀔 것이야.”

“말씀이 지나치십니다. 세상이 바뀌다니요.”

“허허, 이 사람아. 지금까지 무얼 들었나? 세상의 원리가 담긴 글자를 천한 상것들까지

자음의 제작 원리

혀 뒷부분이 목젖에 붙으면서 만들어지는 소리, 그 모양대로 만든 ‘ㄱ’이란 글자를 어금닛소리라고 한다. 혓소리는 앞 혀의 끝이 잇몸에 닿으며 소리를 만드는데 혀가 ‘ㄴ’ 모양이 된다. 입술소리는 입 모양이 네모나게 벌어지면서 내는 소리로, 그걸 보고 ‘ㅁ’을 만들었다. 잇소리는 말 그대로 이가 엇갈리면서 그 사이로 소리가 나는데, 그로부터 ‘ㅅ’을 만들었다. 목구멍소리는 목구멍이 울려서 나는 소리인데, 동그란 목구멍을 본떠서 ‘ㅇ’을 만들었다.

익히게 되면 어떤 일이 벌어지겠는가? 그들이 세상의 이치를 논할 테고, 나아가 학문을 하려 들지 않겠는가? 그러면 양반과 상민의 구별이 없어질 것이며, 종국에는 음양오행의 원리에 따라 저들의 세상이 올 것이라네. 음지가 양지가 된다는 말이네.”

그 말을 하면서 조양범은 윗입술을 부르르 떨었다. 수염이 함께 움찔거렸다.

“음지가 양지가 된다고 말씀하셨습니까?”

“그렇다네. 음양오행의 원리는 늘 돌고 도는 것이어서 어제의 ‘음’이 내일의 ‘양’이 된단 말일세.”

홍성우는 입을 벌린 채 다물지 못했다. 머릿속으로 찬바람이 휘잉 부는 듯했다.

거듭되는 투서 사건

가까스로 궁궐에 들어오니 어느새 날이 저물었다. 임금의 명령으로 궁궐 출입이 엄격하게 통제된 터라 끝내 문지기에게 엽전 열댓 냥을 슬쩍 찔러 줄 수밖에 없었다. 노빈손은 입맛이 썼다.

“여긴 어디예요?”

“수정전이다. 세종대왕 시절에는 집현전으로 쓰던 곳이지. 자, 이쪽으로……”

수정전에 들어선 윤휘는 이리저리 여러 번 방향을 틀더니 깊숙이 들어갔다. 군데군데 작은 횃불이 걸려 있었지만, 왠지 으스스했다.

윤휘는 희미한 불빛이 새어 나오는 방 안으로 향했다.

"부수찬 어른, 저 윤 저작입니다."

윤휘는 방 안을 두리번거리며, 낮고 또렷한 목소리로 말했다. 그에 화답이라도 하듯 겹겹이 들어선 책장 사이에서 누군가 얼굴을 삐죽 내밀었다.

"음마야! 윤 저작이라고? 아니, 이틀 동안 코빼기도 안 보이더니, 어딜 다녀온 거여? 지금 진독청이 발칵 뒤집혔구먼!"

어둑한 방 저편 책장 사이에서 누군가 모습을 드러냈다. 키가 작고 다부져 보였다. 그런데 도대체 어느 지방 사투리를 쓰고 있는 건지 알 수가 없었다. 충청도 조금, 경상도 조금?

"무슨 말씀이십니까? 그사이에 진독청이 어떻게 되었다고요?"

"수찬 김유근 나리와 부수찬 홍의표 나리가 옥에 갇혀 부렸당께."

헉, 이번엔 전라도 사투린가? 참으로 엽기 사투리다.

"형님, 그게 무슨 말씀이십니까?"

갑자기 형님은 또 뭐야? 노빈손은 두 사람을 유심히 지켜보았다.

"긍께, 그게 말이지……. 얼마 전에 임금을 비난한 언문 투서가 발견된 건 알고 있었지?"

"그야 한두 번이 아니지 않습니까?"

"물론 그렇지. 그런데 이번에는 언문을 아는 잡것들은 무조건 잡아들이라 이르시고는, 글을 쓰게 한 뒤 일일이 필적을 대조하셨다, 이 말이여. 그란디 투서에 쓰인 필적과 두 사람의 필적이 흡사했다는 거 아니여."

조금 심각해지니까 정체 모를 사투리가 줄어드는구나. 참으로 특이한 분이시다. 노빈손은 사투리 아저씨를 유심히 쳐다보았다.

"그게 말이 됩니까? 두 분은 그런 일을 할 분이 아닙니다."

"하지만 진독청 내에서 언문을 가장 자유롭게 읽고 쓸 수 있는 분들이기도 하지. 자네도 알다시피 지금 언문을 아는 사람은 무조건 붙잡혀 가는 세상 아닌가?"

"어이가 없군요. 투서 사건 조사 책임자는 누굽니까?"

"직제학 조양범 영감일세."

"조양범 영감이오? 그것도 이상하지 않습니까? 필체를 판별하는 필법관을 놔두고 왜 직제학이 나섰지요?"

"자네도 알다시피, 요즘 필법관이란 게 정식으로 있는 벼슬자리도 아니고, 필요할 때마다 유능한 자를 뽑아 쓰는 것 아닌가?"

두 사람은 낮고 빠른 목소리로 대화를 나누었다. 그동안 노빈손은 방 안을 휘돌아보았다. 한가운데 널따란 탁자와 주변에 어지럽게 널려 있는 서책들, 그 뒤로 겹겹의 책장들이 희미한 불빛 속에 묻혀 있었다.

"그나저나 이젠 나에게 큰일이 닥쳤다네. 이 일을 어찌해야 할지 모르겠어. 자네가 좀 도와줘야겠네."

진독청

집현전의 후신 기관이다. 1456년 (세조 2년), 자신의 즉위를 반대하며 단종 복위를 꾀한 학자들 상당수가 집현전 출신인 것으로 확인되자, 세조가 집현전을 없애고 그 대신 홍문관을 설치했다. 그러나 홍문관은 다시 연산군 말년에 진독청으로 이름을 바꾸었고, 그 역할과 권한도 많이 축소되었다. 홍문관은 연산군이 죽은 뒤 다시 부활되었다.

“무슨 일이십니까?”

“이것 좀 보게.”

엽기 사투리 아저씨는 윤휘에게 탁자 위의 서책과 낱낱의 종이 뭉치들을 가리켰다.

“이게 뭡니까?”

노빈손도 힐끗 보니, 한글로 된 책이었다. 중간 중간에 그림도 그려져 있었다. 앗, 예전에 보았던 화포의 모습까지! 그리고 저건……. 신기전이다. 아, 그래. 맞아!

“병서라네. 이걸 한문으로 번역해 놓으라는 거야. 김유근 나리와 홍의표 나리가 하던 일이지. 사실 중요한 건 두 분이 모두 끝내 놓으셨어. 난 이제 그 두 분이 하시다가 남겨 놓은 자투리만 하면 돼. 하지만 읽을 줄 아는 게 절반밖에 안 된단 말일세.”

“그런데 왜 이걸 형님께 맡겼단 말입니까?”

“진독청에서 그나마 언문을 어깨너머로라도 조금 익힌 게 나뿐이란 거지. 의금부에 끌려간 홍의표 나리가 나를 진독청으로 부르지 않았는가.”

“그러니까 형님도 당연히 언문을 알고 있을 거라 생각했다는 거지요?”

윤휘는 신기전 그림이 있는 종이 뭉치를 쓱 끌어당기더니 노빈손의 옆구리를 툭 쳤다.

연산군이 투서에 집착한 이유

연산군은 도성의 문을 잠근 후 투서자를 잡게 했고, 투서에 이름이 나온 자를 모두 붙잡아 글씨체를 대조했으며, 고문도 서슴지 않았다. 투서자가 누군지 알아내는 자에게 상금을 걸었고, 비슷한 필적을 모으게 했다. 나중에는 성 밖으로 나가 언문을 쓸 줄 아는 자는 무조건 글씨를 써 보게 했다. 이토록 연산군이 투서 사건에 광적으로 흥분한 이유는 자신이 궁궐 안에서 벌인 끔찍한 일들이 바깥에 알려지는 것을 극도로 꺼렸기 때문이다.

욱! 왜요, 읽으라고요? 노빈손은 그런 표정으로 윤휘를 쳐다보았다. 그러자 윤휘가 고개를 끄덕였다.

변대희와 신기전

"신기전은, 길이 7촌 5분……, 너비와 두께가 각각 1촌 8분인 사각 기둥에 지름 1촌 5분의 둥근 구멍이 뚫린 나무통 100개……를, 나무 상자 속에 7층으로…… 쌓는다. 제일 아래층에는 10개를, 둘째 층부터 일곱 번째 층까지는 각 층마다 15개씩……. 나무통의 구멍 속에 크고 작은 신기전 100개를 장……전한 후에 발사한다. 신기전이 장착되는 화차 수레는 길이 3척 7촌 5분, 높이 1척 3촌……."

아이고, 머리야! 노빈손은 옛 한글을 더듬더듬 읽어 가며 머리를 긁적거렸다. 중간중간에 지금은 쓰이지 않는 자모들이 툭툭 튀어나왔다. 'ㆅ'이며, 'ᅙ', 'ㆆ', 'ㅿ'……. 심지어 'ᅇ', 'ᄡ', 'ᅗ'까지. 대체 어떻게 발음해야 하는지! 하지만 어림짐작으로 읽어 대니, 나름 뜻은 통했다.

"음마, 요 물건은 뭐시여?"

엽기 사투리 아저씨가 노빈손의 머리를 두 손으로 잡더니 얼굴을 가까이 들이대고 물었다.

"이놈이 나름 언문에 소질이 있는 듯하여, 형님 제자 하시라고 데

려왔습니다."

"그려? 아이고, 이쁜 놈! 동상은 워디메서 이런 신기한 물건을 구해 왔당가?"

"그러게 말입니다. 이놈아, 어서 인사드려라. 부수찬 어른이시다."

"저, 저는 노빈손입니다."

"얼라리요? 빈손이? 그럼, 넌 맨날 빈손으로 다닌다는 것이여? 으흐흐! 그나저나 이놈 이쁘게 생긴 것 좀 보소. 우히히!"

엽기 사투리 아저씨는 얼굴을 마구 쓰다듬더니 가슴팍에 묻어 보기까지 했다. 헉! 변태 아니야?

"우아, 우아! 이놈 잘생긴 것 좀 보소. 머리통도 기름 바른 것처럼 반지르르한 것이……. 아웅, 꿀꺽!"

"아이고, 형님. 그만 좀 하세요. 또 그 이상한 사투리 나오신다. 이 놈아, 너도 알아 둬라. 저 형님은 툭하면 국적도 없는 사투리가 나오신다. 술에 취하시거나 흥분하시면 더하지. 진독청이란 데가 워낙 여러 지방 출신들이 다 모이는 곳이다 보니……."

"흠흠. 나는 변대희라고 한다. 네가 내 옆에서 좀 도와줘야겠다."

변대희? 거봐, 변태지. 이름부터 변태 맞네. 이번엔 제대로 걸렸다. 노빈손은 눈앞이 캄캄했다.

"보아하니 기밀 병서 같군요."

"그려! 보통은 수치를 쓸 때 촌이나 척 정도의 단위만 쓰는데, 이 문서에는 분 단위까지 써 놓았어. 그만큼 세밀하다는 뜻이지."

분이라면 밀리미터쯤 되나? 조선 초기인데도 그토록 정밀한 수치까지? 노빈손은 고개를 갸웃거렸다.

"그런데 이런 것을 왜 언문으로 써 놓았을까요?"

"음마! 이 사람 좀 보게. 그러니 언문으로 써 놓았지."

"무슨 말씀입니까?"

길이의 단위

한 자는 약 0.303m로, 1m의 3.3분의 1이다. 옛 단위로는 열 치에 해당된다. 그러므로 한 치(약 3cm)는 한 자의 10분의 1에 해당한다. 치보다 익숙한 말은 '촌'으로 같은 길이를 표시한다. 이보다 더 짧은 단위는 '푼'이다. 한 푼은 한 치의 10분의 1(약 0.3cm)에 해당한다. 한편 푼은 무게 단위로 쓰일 때는 한 돈의 10분의 1이 된다.

"언문을 아는 자가 별로 없으니 비밀이 잘 지켜지지 않겠는가. 혹시 이런 책이 바깥으로 새어 나가더라도 읽을 줄을 모르니 소용이 되지 않을 거란 말이네."

그제야 윤휘가 고개를 끄덕였다. 하지만 노빈손은 그게 더 궁금했다.

"한글, 아니 언문을 아는 사람이 그렇게 없어요? 세종대왕께서 훈민정음을 창제하신 지가 꽤 오래되었는데……."

"녀석아, 언문은 세종대왕 이후에는 조정에서도 일부 관리들과 내명부 여자들만 사용했을 뿐 널리 퍼지지 않았단 말이다."

변대희의 말투가 어느새 점잖게 바뀌어 있었다.

때를 맞추어 윤휘가 끼어들었다.

"형님, 그나저나 제가 일전에 말씀드렸던 건……."

"얘, 이쁜아! 이것 좀 읽어 봐라. 이거 말이다. 무슨 말이냐?"

변대희는 윤휘의 말을 무시하더니 노빈손에게 다른 종이 뭉치를 들이밀었다.

"이거요? 이거는…… 중신기전은 길이 4척 5촌이다. 대……나무 앞에는 쇠……촉을 달고, 그 우……."

읽고 있는 종이를 윤휘가 휙 가로챘다. 그러더니 변대희에게 재촉했다.

"『훈민정음』 말이에요. 찾으셨어요, 못 찾으셨어요?"

"쉬잇! 이 사람이 지금 어디서 함부로……. 진독청 서가에 남아 있던 언문 서적은 모두 폐서가로 옮겨졌네."

변대희는 사방을 돌아보더니 목소리를 낮추었다.

"폐서가요?"

"그래. 책의 품질을 판별하는 품평관이 판단하기에 학자들에게 해로운 책이나 오래되어서 버려야 할 책들을 옮겨 놓는 곳일세. 물론 품평관의 평가도 요즘엔 높은 양반들 입맛에 따라 달라지니, 때마다 이런저런 책들이 수난을 겪곤 하지. 아무튼 폐서가로 옮겨지는 책은 대부분 불태워진다고 보면 돼."

"그럼, 훈민정음이나 다른 언문 서적들도 불태워졌단 말인가요?"

"아마 그럴걸세. 보통 폐서가로 옮겨진 책들은 며칠, 혹은 한두 달 기한을 두고 차례로 불태워지지만, 그런 금서는 곧바로 불태워지는 경우가 많다네."

"그럼, 폐서가가 어디 있는지 알려 주세요."

"으흐흐. 그건 나도 모르지."

"형님!"

답답했는지 윤휘가 목소리를 높였다.

"이 사람아. 자네 도대체 무슨 일을 당하려고 자꾸만 언문 타령인가? 난 지금도 누군가 우리들이 하는 이야기를 들을까 불안해. 이제 자네도 언문 서적 따위를 찾는 일은 그만두게."

"……"

윤휘는 입을 열지 않았다. 길게 한숨을 내쉴

선비가 한글을 몰랐다?

훈민정음 창제 이후, 세종대왕은 언문으로 과거를 보아 관리를 뽑기도 했다. 하지만 이 시험에 응시한 사람 중에는 양반과 지배 계층의 자제들이 드물었다. 특히 상당수의 유생들은 한자에 대한 경외심으로 새 글자에 대한 의구심을 버리지 않았다. 따라서 실제로 한양의 선비들 중 어떤 선비가 언문을 읽고 쓰는지 뻔히 알고 있을 정도로 숫자가 적었다고 한다.

뿐이었다. 그런 그가 안타까웠던 것일까.

"그래도 자네가 알기를 원한다면 문유식 나리를 한번 찾아가 보게. 궐 안보다는 바깥이 조금 더 안전하겠지."

"그분이 누구인가요?"

"집현전의 마지막 학사셨네. 성삼문 어른의 제자셨지. 세조대왕께서 집현전을 없애 버리고 이름을 홍문관으로 바꾸었는데, 문유식 나리는 그걸 받아들이지 못하고 집현전을 나와 버리셨지. 아마 칠순이 넘으셨을 거야."

"그런 분을 어찌 알고 계십니까?"

"그분이 나의 언문 스승이셨네. 내가 다 배우지 못하고 뛰쳐나왔지만 말이야. 그런 인연으로 내가 그분께 진독청에 있는 언문 서적을 몰래 빌려드리기도 했었네."

옛날 생각이 나는 걸까. 변대희는 말끝에 긴 한숨을 내쉬었다.

말이 끝나기 무섭게 윤휘가 노빈손을 쳐다보았다. 뭘까, 저 눈빛은? 턱으로 바깥을 가리키네? 이 밤중에 또 어딜 가자는 거야?

성삼문

호는 매죽헌(梅竹軒)이며, 사육신의 한 사람이다. 집현전 학자 중에서 훈민정음 창제에 가장 큰 공을 세웠고, 신숙주와 함께 세종의 총애를 가장 많이 받은 학자이다. 특히 신숙주, 강희안 등과 함께 요동 땅에 유배당한 명나라의 음운학자 황찬을 13번이나 찾아다니며 음운을 질문하고 연구한 것으로 유명하다. 그러나 세조가 단종을 몰아내고 집권하자 단종 복위 운동을 꾀하다가 붙잡혀 사형 당했다.

한밤의 불청객

그때, 바깥에서 인기척이 들렸다. 변대희가

손가락을 입에 댔다. 발자국 소리가 점점 더 가까워지더니 문 앞에서 멈추었다.

동시에 문이 열렸다.

얼굴빛이 희고 양쪽 콧날이 날카로운 선비가 들어섰다. 다름 아닌 조양범이었다. 그 뒤에는 홍성우가 따르고 있었다.

"직제학 어르신께서 이 늦은 밤에 웬일이시옵니까?"

변대희가 먼저 고개를 숙였다. 윤휘도 그 옆에서 허리를 낮추었다. 노빈손은 엉거주춤한 자세로 서 있었다.

"부수찬, 고생이 많소."

"고생이라니요. 마땅히 소인이 해야 할 일이 아니옵니까?"

"그렇소. 수찬 김유근과 부수찬 홍의표가 불미스러운 일로 옥에 갇혔으니, 이제 부수찬만 믿겠소. 그나저나⋯⋯."

눈에서 이상한 빛이 났다. 노빈손은 등골이 오싹해졌다. 조양범은 끝말을 흐리며 윤휘 쪽을 쳐다보았다. 그때, 뒤에 서 있던 홍성우가 나섰다.

"저작 윤휘입니다."

"음, 그렇군. 그런데 자네가 왜 이 시간에 여기 있는가? 부수찬이 하는 일은 매우 은밀한 일이거늘, 저작 벼슬아치가 여기엔 웬일인가?"

"영감, 혼자서는 버거워 제가 불렀사옵니다."

변대희가 나서서 대답했다.

"음, 그래? 그럼, 저쪽에⋯⋯."

조양범은 곧 노빈손을 가리켰다.

"이 아이는 소인의 먼 친척이온대, 하찮은 심부름이나 시킬까 하여 데려왔사옵니다. 심려치 마시옵소서."

"그런데 어째 생기다 만 것이……. 칠삭둥이인가? 사람 말은 알아듣기나 하는가?"

"그럭저럭 제 손으로 밥은 먹습니다."

허걱! 최악이다. 사람 말은 알아듣냐고? 노빈손은 손발이 부르르 떨렸다.

"아무튼 자네는 지금 주상 전하께서 금하는 일을 하고 있단 말일세. 다만 나라를 위한 일이니 어쩔 수 없음을 명심하게."

"명심하겠사옵니다!"

윤휘와 변대희가 고개를 숙였다. 홍성우와 조양범은 고개를 끄덕이며 문 쪽으로 한 걸음 디뎠다. 하지만 조양범은 곧바로 멈추어 서서 다시 윤휘를 돌아보았다.

"잠깐, 윤휘라고 했던가? 혹……?"

"맞습니다. 안빈세 대감의 추천이 있어 진독청에 들어온 자이옵니다."

다시 홍성우가 나섰다. 말을 할 때, 그의 왼쪽 눈썹 위에 있는 점이 한쪽으로 일그러졌다.

"뭣이? 안빈세?"

한글이 네모꼴인 이유

『훈민정음 해례본』에는 '부서법(附書法)'이라는 것이 있다. 다름 아닌 한글의 '모아쓰기'를 규정해 놓은 것이다. 즉 한글은 자음과 모음을 늘어놓지 않고, 초성·중성·종성을 합쳐서 하나의 음절을 만든다. 그 때문에 한글은 어떤 글자든 대부분 네모꼴을 이루고 있다. 그리하여 한글은 가로쓰기와 세로쓰기에 모두 어울린다.

조양범의 표정이 굳어졌다. 그걸 본 윤휘가 또 땀을 흘렸다. 흐린
불빛에도 땀이 번질거리는 게 보였다. 아무래도 긴장하면 나타나는
버릇인 듯했다. 조양범이 다가오자 얼굴마저 빨개졌다.

"안빈세의 추천이라면 필시……. 아니, 근데 자네는 왜 땀을 흘리
는가? 혹시 학질이라도 앓는 거 아닌가?"

뭔가 미심쩍어하며 다가오던 조양범은 문득 멈추어 섰다. 그때 노
빈손에게 스치는 생각이 있었다.

"영감마님, 저희 형님의 병은 곧 나을 것이니, 심려치 마십시오."

"헉! 뭐, 뭐야? 아, 안 되겠군. 나중에 이야기하세."

노빈손의 말에 조양범은 급히 뒤로 물러섰다. 땀이 윤휘를 구해 준 셈이다. 노빈손은 고개를 숙인 채 혼자 씩 웃었다.

조양범 일행이 떠나고 문 주변을 서성이던 노빈손은 바닥에서 뭔가가 반짝이는 것을 발견했다. 주워 보니 작은 칼이었다. 칼끝에 붉은 노리개가 달려 있고, 한자가 한 글자 써 있었다.

"형님, 아까 그분들이 이걸 떨어뜨리고 갔나 봐요?"

노빈손은 그것을 윤휘에게 보여 주며 말했다.

"어휴! 은장도로구나. 네가 얼른 갖다 드리고 오너라."

대답은 변대희가 했다. 그는 저들과 얼굴을 마주치고 싶지 않다는 듯 손사래를 쳤다.

하는 수 없이 노빈손은 문을 열고 나왔다. 저 멀리 느린 걸음으로 모퉁이를 돌아가는 두 사람의 모습이 보였다. 노빈손은 빠르게 걸었다. 바닥이 어둑해서 조심해야 했다.

그런데 모퉁이를 돌아서려던 노빈손은 문득 멈추었다. 두 사람의 낮은 목소리가 들렸기 때문이다.

"영감, 저자를 어쩔 셈이십니까?"

홍성우란 사람의 목소리. 그리고 이어서 조양범의 목소리가 들렸다.

"뭘 새삼스럽게 묻는가?"

"그럼, 이번에도……?"

"며칠 내로 저자가 쓴 글을 가져오게. 그러면 저자의 필체로 주상 전하를 비난하는 내용의 괘서를 하나 써 줄 테니, 내 명을 기다렸다가 천추전에든 보루각에든 적당한 곳에 붙이게."

"알겠사옵니다. 하오면 병서는 어찌할 것입니까?"

"병서를 다 번역하면, 언문으로 된 병서는 폐서가에 보관할 것이네. 그리고 한문으로 번역한 병서는 명나라 사신에게 보낼 것이야!"

"하오나, 영감! 제가 알기로 그 병서에는 명나라보다 앞선 화포 기술에 대한 내용도 담겨 있사옵니다. 그것까지 명나라에 넘겨줄 참이십니까?"

"어차피 조선의 백성은 명나라 황제의 백성이며, 군사 또한 황제의 군사 아닌가. 작은 나라는 그저 큰 나라를 잘 섬기는 것이 도리를 다하는 것이네. 언문을 없애려는 것도 그 까닭임을 왜 모르는가."

흡! 노빈손은 숨을 멈추었다. 음모다! 자신도 모르게 그런 생각이 머릿속에 스쳐 갔다.

죽은 자는 말한다

음모? 이것도 그들과 관련된 일이라면, 음모는 아주 빠르고 무섭게 진행되고 있었다.

문유식 나리 댁을 물어물어 찾아갔을 때, 그는 이미 이 세상 사람이 아니었다. 더구나 객

천추전은 경복궁 내에서 가장 서민적인 정취를 지닌 건물로, 세종이 집현전 학사들과 자주 회의를 하던 곳이다. 문종이 이곳에서 승하하였다. 보루각은 세종이 자격루를 설치하기 위해 지은 전각으로, 이후부터 보루각은 표준 시계를 관장하는 기관이 되었다. 그만큼 두 곳은 궁궐 내 사람들의 왕래가 잦았던 곳이다.

사였다. 참으로 어이없는 일이었다.

집에서 백오십 보쯤 떨어진 초막. 객사한 터라, 문유식의 시신은 집에도 들지 못하고 초막에 안치되어 있었다. 이른 아침이라 그런지 문상객은 보이지 않고, 상복을 입은 처녀 하나가 초막을 드나드는 게 보였다.

그런데 이건 또 무슨 일인가. 윤휘가 진독청 학사라 말하자 처녀가 대뜸 소리를 높였다.

"돌아가십시오. 드릴 말씀이 없습니다."

"낭자! 무슨 말씀이신지?"

"도대체 진독청이라는 데가 무얼 하는 곳입니까? 이번에는 저라도 데려가실 겁니까?"

목소리에 날이 섰다. 그리고 그 날선 목소리를 듣고 초막 안에서 서너 사람이 몰려나왔다.

"누이, 방금 진독청이라 했소?"

삼베옷을 입은 사내가 처녀에게 물으며 앞으로 나섰다. 분위기가 험악해졌다. 사내는 당장이라도 무슨 짓을 저지를 기세였다.

노빈손은 뒤로 한 걸음 물러섰다. 그러다가 아뿔싸, 돌부리에 걸려 넘어지고 말았다. 초립이 벗겨져 나뒹굴었다. 모양 빠지게 하필 이런 데서 넘어질 게 뭐람.

"아니, 어찌 몰골이 그렇소? 머리를 민 것이…… 혹시 스님이시오?"

사내가 노빈손을 내려다보더니 고개를 갸웃거리며 물었다.

"아, 난……. 그, 그렇소."

노빈손은 얼결에 고개를 끄덕였다. 이에 질세라 윤휘가 맞장구를
쳤다.

"맞습니다. 진독청에서 문유식 나리의 소식을 듣고 스님을 모셔
온 것이오."

"아, 그런 줄도 모르고……. 그런데 스님 얼굴을 보면 저승사자도
놀라겠습니다."

흡! 노빈손은 숨이 턱 막혔다. 저승사자도 놀란다고? 이거 뭐라고
대꾸할 수도 없고.

"그나저나 스님께서는 어찌 목탁도 없이……."

"객사한 영혼을 추스르는 데 목탁이 있으면 어떻고, 없으면 어떻
소! 중이 염불이나 잘 외면 그만 아니오."

대뜸 호통을 쳤다. 하지만 뒷골이 뻐근했다.
도대체 뭘 믿고? 게다가 염불이라니! 어째 제
무덤을 파는 기분이었다. 몹쓸 순발력 때문이
다.

"아, 그렇다면 어서 안으로 드시지요."

사내는 처녀와 함께 노빈손과 윤휘를 안내
했다. 노빈손은 향이 피워져 있는 병풍 앞에
섰다.

식은땀이 났다. 염불이라도 해야 되는데, 뭘
어찌해야 좋을지 알 수가 없었다. 아는 거라

은장도

은으로 장식한 작은 칼을 말하는
데, 몸에 지니며 호신용으로도
쓰며, 노리개나 장식으로도 사용
한다. 은장도를 몸에 지니는 풍
습은 고려 때부터 유행하기 시작
했고, 조선 시대에 이르러 남·
녀 모두에게 보편화되었다. 보통
부녀자들이 옷고름에 장식하는
것은 '패도(佩刀)'라고 불렀고,
주머니 속에 넣는 것은 낭도(囊
刀)라고 불렀다. 여성들에게는 정
절의 상징이 되기도 했다.

고는 나무아미타불 관세음보살뿐인데, 이어서 무슨 말이라도 중얼거려야 할 텐데. 휴! 한 번에 욀 수 있는 긴 문장이 없을까? 입안이 타들어갔다. 훈민정음 때문에 별짓을 다 한다는 생각이 들었다.

그런데 가만……. 훈민정음이라고? 문득 스치는 생각이 있었다.

노빈손은 합장을 하고 중얼대기 시작했다.

"나무아미타불 관세음보살!"

일단 그 소리는 크게 냈다. 그리고 그다음부터는 뒤에서 자신을 지켜보는 사람들에게 잘 들리지 않도록 낮은 소리를 냈다.

"나랏말ᄊᆞ미 듕귁에 달아 문ᄍᆞᆼ와로 서르 ᄉᆞᄆᆞᆺ디 아니ᄒᆞᆯᄊᆡ 이런 젼ᄎᆞ로로로로로로……."

어조는 마치 염불을 외듯, 높낮이까지 조절하면서 읊었다. 하필이면 지금 기억 나는 긴 문장이라고는 그것밖에 없었다.

염불

원래 염불이란, 입으로 소리를 내어 아미타불의 이름을 열 번 부르는 것을 말한다. 이렇게 반복해서 이름을 부르면 극락세계에 이를 수 있다는 믿음 때문이다. 물론 다른 부처의 이름을 부르는 것도 염불이라 한다. 우리나라에서는 비로자나불이라든가 미륵존불을 비롯해서 부처 열 분의 이름을 부르기도 한다. 이것을 '십념'이라고 한다. 염불은 불교에서 수행의 한 방법으로 행해지기도 한다.

"어린 ᄇᆡᆨ셩이 니르고져 호ᇙ배이셔도오오오오오오, 마ᄎᆞᆷ내 제ᄠᅳ들 시러펴디 몯ᄒᆞᇙ노미하니라 내 이 를 윙 ᄒᆞ 야 어 엿 비 너 겨 어 어 어 어 어……."

이 즈음에서 앞으로 돌아가 다시 한번 반복. 그리고 말을 죽 늘였다가 다시 빨리 했다가 속도 조절까지. 들키지 말아야 하는데.

"……새로스믈여듧ᄍᆞᆼᄅᆞᆯ밍ᄀᆞ 노니노니노니노니……. 사ᄅᆞᆷ마다ᄒᆡᅇᅧ수ᄫᅵ니겨날로ᄡᅮ메뼌

한킈ㅎ 고져홇싁룩 미니라으라으라으……!"

이것을 한 번 더 반복. 그리고 끝부분에서는 나무관세음보살, 하면서 깔끔한 마무리!

돌아가신 분께는 참으로 예의가 아니지만, 별수 없지 않은가. 부처님께 된통 혼나는 거 아닐까?

노빈손은 몸을 돌렸다. 건장한 사내는 노빈손을 보며 연신 고개를 갸웃거렸다. 어쩐지 뒤통수가 가렵더라니. 사내는 미심쩍은지 말을 걸어 왔다.

"스님, 염불이 아주 묘합니다. 귀에 익은 듯도 하고……."

"흠! 나무관세음보살! 마음이 통하면 염불도 귀에 익은 듯 들리는 법이지요."

켁! 뭔 소리? 노빈손은 미소를 지어 보이고 윤휘 옆에 앉았다. 다행히 사내는 더 이상 말을 시키지 않았다. 윤휘는 처녀와 이야기를 나누고 있었다.

"하루는 진독청에서 사람이 나와 아버님을 찾는다고 하더군요. 아버님은 서둘러 빨간 보자기를 품에 안고 따라가셨어요."

"진독청이요?"

윤휘가 되물었다. 진독청은 왜 튀어나왔으며, 빨간 보자기는 무얼까? 노빈손은 두 사람 이야기에 귀를 쫑긋 세웠다.

"그날 밤에 고을 관아에서 사람이 달려왔는데, 아버님이 대궐로 들어가다가 낙상을 하셨다더군요. 게다가 시신마저도 무슨 조사를 한다고 사흘이나 돌려주지 않았습니다."

노빈손은 윤휘를 쳐다보았다. 놀란 표정이 반, 이해할 수 없다는 표정이 반이었다.

"그러더니 얼마 전에는 안빈세 대감께서도 사람을 보내어 아버님을 찾으시더군요. 이미 늦은 뒤였지만……."

처녀가 고개를 들어 윤휘를 지그시 응시했다.

"혹, 선비님도 『훈민정음』을 찾고 계신 건가요? 제가 보기에는 그저 문상을 온 분 같지 않군요."

윤휘는 식은땀을 흘리며 아무 대답도 하지 못했다.

"그랬군요. 모두 『훈민정음』 때문이군요. 저희 아버님께서도 그 책을 가지고 나가셨다가 변을 당하신 거지요."

"그럼, 아까 그 빨간 보자기란 건 『훈민정음』이었군요."

"저희 아버님은 어린 시절, 훈민정음 창제에 깊이 관여했던 성삼문 나리에게 학문을 배우셨지요. 훗날 집현전에 들어갈 수 있었던 것도 성삼문 나리 덕분이었습니다. 『훈민정음』은 성삼문 나리께서 세종대왕께 하사받으신 것을 저희 아버님께 맡기신 것이라 들었습니다."

"그런데 문유식 나리와 안빈세 대감은 어떤 인연으로……?"

"홀로 언문을 연구하고 퍼트리려 애쓰시는 모양을 보고, 안빈세 대감께서 음으로 양으로 많은 도움을 주셨습니다. 여러 가지 언문 서적도 보내 주셨고, 훈민정음을 창제할 때 정의공주님이 보셨다던 서책도 필사할 수 있도록 허락해 주셨습니다."

일이 어떻게 돌아가고 있는 것일까? 노빈손은 앞뒤 말들을 맞춰 보았다. 무언가 손에 잡힐 듯 잡히지 않았다.

그때 처녀가 말했다.

"잠시만 기다리십시오."

그 말과 함께 자리에서 몸을 일으켜 삼베옷

**달라진
자음·모음의 순서**

『훈민정음 해례본』에는 닿소리와 홀소리의 순서가, 'ㄱ ㅋ ㄲ ㆁ ㄷ ㅌ ㄸ ㄴ ㅂ ㅍ ㅃ ㅁ ㅈ ㅊ ㅉ ㅅ ㅆ ㆆ ㅎ ㅇ ㄹ △ ㅡ ㅣ ㅗ ㅜ ㅓ ㅛ ㅑ ㆍ ㅠ ㅕ'로 되어 있다. 이것은 만든 원리에 따라 같은 소리를 내는 자모끼리 묶었기 때문이다. 하지만 16세기 때의 학자 최세진이 『훈몽자회』라는 책에서 자모의 순서를 많이 쓰는 글자 순으로 바꾸어 버렸다. 그래서 지금의 순서가 된 것이다.

사내에게로 다가갔던 처녀는 무언가를 받아 되돌아왔다. 손에 작은 삼베 손수건을 들고 있었다.

"이것을 보시겠습니까?"

섬세한 손길로 처녀는 삼베 손수건을 풀었다. 그 속에서 돌돌 말린 종잇조각이 나왔다. 종잇조각에 '明'이라고 적혀 있었다.

"명(明)?"

"시신으로 발견된 아버님의 입속에 있었던 것입니다. 시신을 돌려받은 뒤에 의원에게 부탁하여 사인을 알아보다가 발견했지요."

"입속이라고요?"

"그렇습니다. 어금니 안쪽에 깊이 박혀 있었습니다. 아버님은 오래도록 사랑니로 고생하셨는데, 그걸 뽑으신 지 얼마 되지 않으셨습니다. 그래서 아마 이가 빠진 자리에 틈이 있었나 봅니다."

"그런데 물속에서 어찌 먹이 풀어지지도 않고……."

"초를 먹였기 때문이지요. 이 종이 쪽지는 아버님이 애지중지하며 아끼던 책에서 찢어낸 것이니까요. 『훈민정음』 말입니다."

"아……!"

윤휘는 자신도 모르게 입을 벌렸다.

노빈손은 그 종이 쪽지를 유심히 들여다보았다. '明' 자 주위로 더 작은 글씨의 언문 필

파피루스?

종이와 펜이 발명되기 이전에는 글씨를 어디에 썼을까? 고대 상형문자를 썼던 이집트 사람들은 나일강 기슭에서 자라는 '파피루스'라는 식물의 잎사귀를 얇게 벗겨서 글을 적었다. 이것은 짐승의 가죽을 부드럽게 하여 만든 양피지보다 저렴했기 때문에 당시 사람들의 보편적인 기록 수단이었다. 또한 이때는 펜 대신 끝이 예리하게 갈라진 갈대를 사용했고, 잉크 대신 불이 탈 때 생기는 그을음을 물에 풀어서 글씨를 썼다.

체가 언뜻언뜻 보였다. 그런데 가만! 이 글자를 최근에 어디서 봤는데……. 노빈손은 고개를 갸웃거렸다.

안빈세를 찾아가다

"굼벵이도 구르는 재주가 있다더니, 별일일세. 그러니까 야인 총각 네 녀석이 땡초 노릇까지 했단 말이지? 킥킥!"

문유식을 찾아 다녀온 이야기를 다 듣고 난 매향은 혀를 내밀고 웃었다. 매향이의 특기다. 칼을 쓸 때나 심각할 때는 한없이 차가워 보이다가도 웃을 때는 장난꾸러기 여자애가 된다. 이그! 어찌나 귀여운지.

그러나 노빈손은 슬쩍 매향을 무시하고 점잖게 말했다.

"제 생각에는 이 해괴한 사건의 실마리를 풀어 줄 사람은 한 명밖에 없습니다."

"어쭈?"

"그게 누구냐?"

매향은 여전히 웃기지도 않다는 투였다. 윤휘가 그 말끝을 잡고 물었다.

"안빈세 대감이지요."

왜 아닐까. 며칠 동안 들은 이야기로는 틀림없이 해답은 그곳에서 나올 것이 분명해 보였다.

윤휘가 고개를 끄덕였다.

"나도 그렇게 생각하고 있었다. 날이 밝는 대로 안빈세 대감을 찾아가 보자."

안빈세 대감 댁에 당도한 것은 이튿날 해가 중천에 뜬 무렵이었다.

"이리 오너라!"

잠시 후, 하인 하나가 달려와 문을 열었다. 윤휘와 매향은 하인에게 무어라고 설명했고, 하인은 다시 안으로 들어갔다가 한참 후에 돌아왔다. 그러고는 셋을 집 안으로 안내했다.

하인은 집 안을 휘돌아 노빈손 일행을 뒤뜰로 이끌고 갔다. 뒤뜰엔 작은 연못과 운치 있게 지은 정자가 눈에 띄었다.

'아, 저것이 바로 소낙천정인 모양이구나.'

노빈손은 자신도 모르게 고개를 끄덕였다. 윤휘도 눈치를 챘는지 그 정자를 한참이나 바라보았다.

정자 위에는 점잖은 선비가 흰 수염을 날리며 홀로 술상을 받고 있었다.

윤휘가 먼저 소낙천정 아래로 다가가 인사를 올렸다.

"대감, 소인 진독청 저작 윤휘라 하옵니다. 부르신다는 말씀이 있었기에……."

"젊은 선비는 뉘신데, 나를 찾소? 나는 모르

훈민정음을 반대한 최만리

최만리는 여섯 가지 이유를 들어 훈민정음 창제를 반대한 인물로 알려져 있다. 그 때문에 세종의 눈 밖에 났으며, 같은 이유로 비난을 받았다. 하지만 최만리는 뛰어난 학자이기도 했으며, 이름난 청백리였다. 집현전의 직제학과 부제학을 거쳤으며 강원도 관찰사를 지내기도 했다. 고려 때 해동 공자로 칭송받던 학자 최충이 최만리의 12대 조상이다.

는 얼굴이오만……."

어어. 처음부터 분위기가 심상치 않다. 찾아오라고 했다지 않았
나? 아까 윤휘가 붙들고 이야기한 하인이 분명히 누구라고 전했을
텐데. 어째 느낌이 좋지 않다.

"낙천정을 돌보았던 윤일수의 자식입니다. 대감께서 저의 아비를
양인으로 만들어 주시고, 책까지 후하게 내리셨던……."

"오호라! 네놈이 그 목수 놈의 자식이렷다! 보아하니, 글 좀 읽었
다고 양반 흉내를 냈구나. 허허! 나라님이 잠시 정신을 놓으셔서 그
런가, 세상이 아주 썩어 돌아가는구나."

당황스럽다. 전혀 예상하지 못했던 반응이었다. 윤휘도 매향도 뜨
악한 표정이었다.

"대감, 그게 아니옵고……."

"됐다, 이놈아! 천한 신분 면하게 해 준 것만 해도 고맙지, 뭘 또
얻어먹겠다고 예까지 찾아왔단 말이냐?"

이것 봐라. 불길한 예감은 왜 이리도 잘 맞아떨어지는 거야. 노빈
손은 뭔가 잘못되어 가고 있다는 생각이 들었다. 그래서 매향에게
귓속말을 했다.

"어찌 된 거야? 대감께서 윤휘 선비님을 찾는다고 했잖아."

그렇지 않아도 매향도 이상했나 보다. 곧 매향이 나섰다.

"대감마님, 일전에 훈민……."

"허허! 시끄럽다는데 그러는구나. 어서 썩 물러가거라. 어디 함부
로 예까지 찾아와서 헛소리를 늘어놓는 것이냐!"

뭐, 말을 못 하게 하네. 윤휘는 또 땀을 흘렸고, 매향은 얼굴이 벌게지고 말았다.

그런데 그때, 노빈손은 아무도 주목하지 않는 안빈세의 손짓을 보았다. 한 손으로는 사납게 윤휘를 향해 삿대질을 하고 있었지만, 담뱃대를 든 손은 가볍게 젓고 있었다. 그것도 아주 규칙적으로. 틀림없이 무슨 신호였다. 노빈손은 무언가 사연이 있다는 생각이 퍼뜩 들었다.

"형님, 그만 돌아가시지요. 아무래도 저희가 뭔가 잘못 안 모양입니다."

"이놈아, 네가 무얼 안다고 나서는 게냐!"

노빈손의 말이 끝나자마자 윤휘가 호통을 쳤다. 어휴! 눈치 없는 샌님 같으니라구. 하는 수 없었다. 더 지체하면 안빈세도 알 수 없는 곤란에 처할 것처럼 보였다. 노빈손은 힘을 주어 윤휘의 팔을 붙잡아 끌었다.

"이놈아! 이거 놓지 못하겠느냐? 대감……."

윤휘는 발버둥쳤다. 그러나 책만 읽던 백면 서생이다 보니 별 힘을 쓰지 못하고 질질 끌려나오다시피 했다. 매향이는 이러지도 저러지도 못한 채 뒤를 따라왔다.

쫓아오는 그림자

"이놈, 이게 무슨 짓이냐?"

안빈세 대감의 집을 나서자 윤휘는 다시 호통을 쳤다. 그러나 노빈손은 윤휘를 더 멀리

훈민정음 창제를 반대한 이유

최만리가 훈민정음 창제를 반대한 이유는 그의 상소문에 잘 나타나 있다. '중국의 문화를 섬기면서 중국에서 쓰지 않는 글자를 만드는 것은 오랑캐나 하는 일이다. 구태여 필요하다면 이두를 쓰면 된다. 백성들의 송사에 필요한 것은 새 글자가 아니라 관리의 자질이다. 새 글자는 풍속을 바꾸는 일이다. 하찮은 일에 몸과 마음을 상하게 해서는 안 된다…….'

끌고 갔다.

노빈손은 윤휘가 소란을 멈추자 매향에게 말했다.

"매향아, 그 칼 좀 이리 다오."

"칼은 뭐 하게?"

"글쎄, 이리 줘 봐."

매향은 고개를 갸웃거리며 노빈손에게 칼을 내주었다.

"조심해. 함부로 칼을 만지면 큰일난다구."

쳇! 걱정도 팔자로군. 어린애도 아니고 베이기라도 할까 봐? 노빈손은 칼을 받아들었다. 그러곤 칼을 칼집에서 반쯤 빼고 이리저리 둘러보았다.

"와! 정말 멋진 칼이군."

정말 신기한 듯 노빈손이 말했다. 하지만 사실 노빈손은 칼날을 거울 삼아 양 옆쪽과 뒤쪽을 살펴보고 있었다. 과연, 뒤쪽 담벼락 옆에서 누군가가 이쪽을 힐끗거리다가 사라지는 모습이 보였다.

'누군가 우리를 뒤쫓고 있구나!'

노빈손은 칼을 도로 매향에게 건네주고 윤휘에게 말했다.

"형님, 누군가 우리를 미행하고 있어요."

"뭐, 뭐라고?"

"쉿! 소리치지도 말고, 돌아보지도 마세요. 그냥 아무 일도 없는 것처럼 더 걸으세요."

"정말이냐?"

윤휘가 놀라며 묻자 노빈손은 딴청을 피우며 대답했다.

“매향의 칼로 비추어 보니까, 두 명 정도인 듯합니다.”

“야인 총각, 아니 빈손아! 무슨 말이야?”

이번에는 매향이가 물었다. 하지만 노빈손은 윤휘에게 대답했다.

“아까 안빈세 대감마님이 조금 이상하다고 생각지 않으셨습니까? 일부러 우리의 입을 막고, 마치 누군가가 들으라는 듯이 아주 큰 소리로 과장되게 우리를 내쫓으셨잖아요.”

“그렇다면…….”

“맞습니다. 집 안팎에서 누군가가 대감마님을 감시하고 있는 것 같습니다.”

“네가 그걸 어찌 알았느냐?”

“대감마님은 입으로는 소리치고 계셨지만 담뱃대로는 무슨 글씨를 계속 쓰고 계셨습니다.”

“글씨?”

“네, 제가 보기에는 ‘不(아닐 불)’ 자였습니다.”

“‘不’ 이라면……?”

“진심이 아니라는 뜻이겠지요. 일단 아무것도 모르는 척하면서 걸어가십시오.”

노빈손도 긴장했고, 윤휘도 긴장했다. 매향도 칼의 손잡이를 꼭 잡고서 경계를 한 채 걸었다.

“저 따르는 자를 따돌려야 하지 않겠느냐?”

한글의 여러 이름

최초의 이름은 훈민정음이다. 물론 훈민정음은 새 문자를 해설한 책 이름이기도 하다. 그러나 조선 시대에는 대부분 ‘언문’이라고 불렀다. 새 문자를 시기하는 사람들 일부는 여자들이 쓰는 글자라는 뜻을 담아 ‘암클’이라고 부르기도 했다. ‘중글’이라고도 불렀는데, 모두 훈민정음을 낮추어 부른 말이다. ‘한글’로 불리기 시작한 것은 근대 이후의 일이며, 북한에서는 한글 대신 ‘조선글’이라 불린다.

한동안 걷다가 윤휘가 물었다. 그러나 노빈손은 고개를 저었다.

"그냥 놓아두세요. 오히려 우리가 어디로 가는지 저들이 잘 알게 해야 합니다."

"뭐야? 그러다가 놈들이 우리 목숨이라도 노린다면 어찌할 셈이냐?"

성질 급한 매향이 나섰다.

"그럴 리 없을 테니 염려 마!"

"정말 별일 없겠느냐?"

노빈손이 대답하자마자, 윤휘가 확인이라도 받아야겠다는 듯 물었다.

"우리도 저들이 누구인지 모르지만, 저들도 아직 우리가 누구인지 모릅니다. 안빈세 대감께서 우리를 쫓아내셨으니까요. 또한 저들은 우리가 자신들의 존재를 모를 거라 생각하기 때문에 아직 큰 위험은 없을 것입니다."

"듣고 보니 그럴듯합니다. 일단 기다려 보는 수밖에요. 오늘은 이 마을 근처의 주막에서 묵는 게 좋겠습니다."

뜻밖에도 매향이 동조해 주었다.

"네. 대감께서 정말 우리가 필요하다면 반드시 사람을 보내올 것입니다."

노빈손은 자신의 말에 스스로 반신반의하고 있었다. 너무 자만하는 거 아니야? 염불

주막

옛날, 숙박 시설과 식당이 거의 없었던 때에 잠자리와 식사를 제공하던 곳이다. 보통은 주점을 겸하였으며, 규모는 크지 않았다. 방 한 칸에서 10여 명이 함께 잠을 자게 하였으며 숙박료는 따로 받지 않았다. 대신 침구 등을 제공하지 않았다. 장이 열리는 곳이나, 주요 길목 등에 드문드문 있었으며 19세기 후반에는 10~20리 사이에 주막이 하나씩 있었다고 한다.

좀 했다고 부처님이 편들어 주실 거라 믿는 건 아니겠지?

하지만 모험해 볼 필요가 있다. 아니, 어차피 제대로 된 모험은 시작도 안 했잖아. 노빈손은 오히려 주먹을 꽉 쥐었다.

그날 밤, 노빈손은 저녁상을 물린 뒤 매향을 불러 소곤댔다.

"매향아, 부탁할 게 있는데, 아무도 모르게 안빈세 대감 댁에 다시 다녀와 줘야겠어."

그러자 매향은 뜨악한 표정으로 노빈손을 쳐다보았다.

한글을 전파한 1등 공신을 가려라!

훈민정음이 창제되었다. 그러나 진짜 큰 문제는 새 문자를 얼마나 빨리, 얼마나 많은 사람들에게 퍼트려 쉽게 쓸 수 있도록 하느냐는 것. 한글이 막 태어난 조선 초기 역사 속에서, 자신이 한글 전파의 1등 공신이었다고 주장하는 세 사람을 만났다. 과연 여러분의 선택은?

수양대군의 변 >>> 왕가의 남자들을 빼놓고 훈민정음을 논하지 말라!

내가 바로 그 유명한 수양대군이다. 훈민정음을 창제한 우리 아바마마(세종)의 둘째 아들이지.

누가 뭐래도 직접 훈민정음을 창제하신 아바마마께서 언문을 퍼트리는 데 가장 애를 쓰지 아니하셨겠는가. 이미 알고들 있듯이, 훈민정음은 창제(1443년)된 후, 약 3년 뒤에 정식으로 반포(1446년 9월 29일)되었다. 이 기간 동안 아바마마는 훈민정음에 반대하던 최만리를 언어학 지식으로 잠재운 다음, 훈민정음을 실험하는 과정을 거치셨느니라. 그리하여 반포하기도 전에 『용비어천가』를 언문으로 완성한 것이지.

또, 반포 직후에는 발 빠르게 언문(한글)을 보급하셨다. 우선 공문서 일부를 언문으로 발행토록 하여 궁궐 사람들이 언문을 익히도록 유도하셨지. 뿐만 아니라 반포 후 두 달 만에 언문청을 설치하여 훈민정음에 관한 모든 일을 전담케 하셨으며, 언문을 쓸 줄 아는 자를 관리로 뽑아 쓰게 했고, 6개월 후에는 언문을 과거시험의 필수과목으로 지정하셨느니라. 그해 논술 과거시험은 참으로 볼만했지. 이러한 시대의 대세에 나 또한 동참하였다. 석가의 일대기인 『석보상절』을 언문으로 쓴 것이 바로 이 몸이시란 말이다. 아바마마도 석가를 칭송하는 내용의 책을 언문으로 직접 쓰셨는데, 이것이 바로 『월인천강지곡』이니라. 『훈민정음 해례본』 중 특히 중요한 '예의' 부분을 언문으로 발간한 것도 나다. 이 책 덕분에 언문이 널리 퍼질 수 있었지. 언문 전파를 위해 왕가의 남자들(!)이 얼마나 노력했는지 잘 알겠지?

최 상궁의 주장 ››› 세종대왕님의 노력을 모르는 바는 아닙니다. 하지만 대왕께서는 안타깝게도 창제 후 얼마 지나지 않아 승하하셨습니다. 그다음에는 바로 우리 여자들이 언문을 퍼트리는 데 가장 큰 역할을 담당했습니다. 높은 분부터 지체 낮은 부인들까지 모두 언문으로 편지를 썼습니다.

우선 성종 임금님의 어머니인 소혜왕후(인수대비)는 여러 책에서 왕실의 여성들이 지켜야 할 덕목을 추려 『내훈』이라는 책을 만드셨습니다. 그리고 이것을 언문으로 옮겨 읽기 쉽도록 했습니다. 이렇게 지체 높으신 분이 먼저 모범을 보이니, 언문은 왕실에 두루 퍼질 수 있었습니다. 궁궐 안의 상궁이며 무수리까지 언문을 배웠지요.

이처럼 훈민정음 보급의 남다른 공로자는 궁궐의 여성들이었습니다. 그들이 직접 쓴 공식 문서를 '내지'라고 하는데, 이것들 또한 대부분 언문으로 쓰였습니다. 특히 왕실의 여성들은 한문만을 고집하던 양반 사대부들과 언문으로 서신이나 공문서를 주고받으면서 그들에게도 언문의 사용을 부추겼습니다. 소리 없이 강하다! 이런 말 들어 보셨지요?

실제로 왕실의 높은 여성들에게 언문 서신이나 공문서를 받는 관리들은 어쩔 수 없이 언문으로 답해야 했습니다. 그러므로 일부 관리들은 한문뿐만 아니라 언문까지 두루 습득해야 했던 것입니다. 이런 식으로 언문은 한편에서 점차 공식적 소통 문자로 자리 잡아 가기 시작했지요.

궁궐 밖 여성들도 언문 사용에 적극적이었습니다. 한문은 양반 사대부들에게만 교육 기회가 있었으므로 여성들은 별다른 제약이 없었던 언문으로 의사소통을 하기 시작했습니다. 이들 중에는 한문을 해독할 수 있는 사람도 없지 않았으나, 양반과 천민이 두루 소통할 수 있는 언문을 고수했습니다. 따라서 궁궐 밖 양반들도 일부는 언문을 습득하지 않을 수 없었습니다.

이런 일을 놓고 볼 때, 언문을 두루 퍼트린 공로자는 역시 여성이 아닐까요?

허 생원의 생각 ››› 언문 소설인 『홍길동전』과 『노빈손전』의 팬으로서 한 말씀 올립니다.

세종대왕님께도 감사드리고, 여성분들께도 감사드리지만, 조선 중기 이후에 한글을 널리 퍼트린 일등 공신은 소설입니다.

여러분도 한글소설의 효시로 알려져 있는 『홍길동전』을 다 읽어 보셨지요? 서자로 태어난 길동이 의적으로 활약하며 모험을 펼치는 내용으로 양반들보다는 하급 관리나 평민들 사이에서 널리 읽혔습니다. 왜냐하면 그 속 내용이 조선 시대의 신분 차별을 비판하면서 타락하고 부패한 정치를 개혁하려는 의미를 담고 있기 때문입니다. 잘 알다시피 이 소설을 읽기 위해 하층 관리와 백성들은 일부러 한글을 배웠습니다. 나중엔 양반들도 동참했습니다. 소설은 『홍길동전』 이후에도 계속 나왔으니까요.

한글소설의 성장은 언문이 양반에서 천민에 이르기까지 골고루 퍼져 나가게 하는 역할을 담당했습니다. 특별한 교육 기회가 없던 백성들은 소설을 탐독하면서 언문을 깨쳤고, 한자 외에는 관심이 없던 양반들도 소설의 재미에 빠져 언문을 배웠던 것입니다. 요새 장안의 화제인 『노빈손전』을 읽어 보신 독자 여러분이라면 제 말을 이해하실 겁니다.

17세기 무렵에는 한글소설을 대여해 주는 업자까지 있었고요. 정조 시대에 영의정이었던 채제공이 "근세에 여자들이 능사로 삼는 것이 패설(소설을 뜻함)을 숭사하는 일이다" 즉 '요즘 여자들이 소설 읽기에 열중한다'고 할 정도로 소설은 당시 널리 퍼져 있었습니다.

이런 정도라면 한글소설을 쓰신 분들이 가장 큰 공로자가 아닐까요?

3장

어둠 속의 대화

멀리서 들리는 여우의 울음소리와 함께 주막집의 밤은 깊어 갔다. 이런저런 생각으로 뒤척이던 노빈손은 깜빡 잠이 들었다.

그런데 잠시 후 시답지 않은 꿈을 꾸다가 깬 노빈손의 귀에 색다른 소리가 끼어들었다. 틀림없이 문을 여는 소리였다. 그리고 그 소리를 따라 시커먼 그림자 하나가 방 안으로 들어섰다.

화들짝 놀란 노빈손이 눈을 번쩍 뜨며 외쳤다.

"도, 도, 도……."

도둑이라고 할 참이었는데, 뒷말이 떨어지지 않았다. 꼭 결정적인 순간에 이런다! 하지만 더 어찌해 볼 도리가 없었다. 그 시커먼 그림자가 입을 틀어막았기 때문이다.

"이놈아! 도를 닦으려거든 산으로 올라가야지. 이제 그만 입 다물거라!"

헛! 귀에 익은 목소리였다.

"누구시오?"

윤휘가 일어났다.

"쉿! 목소리를 낮추게. 나, 안빈세라네."

"아니, 대감! 어떻게 여길……?"

역시 나의 육감은 죽지 않았군. 노빈손은 어둠 속에서 씩 웃었다.

조선 사람들의 이중적인 언어 생활

우리말과 중국어의 문법적인 어순은 서로 다르다. '나는 학교에 간다'는 중국어로 '我去學校'라고 쓰는데, 이것을 글자 순서대로 번역하면 '나는 간다 학교에'와 같이 된다. 물론 긴 문장은 더욱 복잡하다. 이토록 불편한 한자를 고집한 이유가 무엇일까? 양반들은 사대주의적인 발상 아래 이러한 어려움조차 자신들의 특권으로 여겼기 때문이다.

"아랫것을 시켜 아까 저녁 무렵에 자네들의 소재를 파악해 두라
했네. 자네들이 멀리 가지 않아서 다행일세."

"그럼 아까 우리를 따르던 자들이 다름 아닌……."

"자들이라니? 난 하인 하나만 보내 자네들이 어디로 가는지 살펴
보라 했을 뿐이네."

"그럼, 또 한 사람은……?"

"으음. 그렇다면 벌써 놈들의 손길이 자네들에게까지 미친 모양이
로군."

"무슨 말씀이십니까?"

"얼마 전부터 누군가 우리 집 주위를 감시하고 있네. 집 안에 있는 사람 중에도 매수된 자가 있는 것 같아."

"그래서 아까 저희들을 일부러 험하게 내쫓으신 것이로군요."

"낮에는 미안했네."

"괜찮습니다. 저 야인 녀석이 눈치가 빨라 아마 대감께 사연이 있어서 그럴 것이라고……."

"그런데 정말 야인인가?"

"아닙니다. 야인 아니고요, 대한민국 대표 미남 노빈손이라고 합니다."

노빈손은 기다렸다는 듯이 말했다. 으으, 제발 이제 야인 이야기는 안 했으면!

"노빈손? 대한민국은 또 무언가?"

"그건 말입니다……."

나를 알릴 좋은 기회인가? 안빈세 대감은 그래도 윤휘보다 나를 이해해 줄 것 같다. 그렇게 생각한 노빈손이 입을 열려는데, 웬걸! 윤휘가 먼저 나섰다.

"대감, 신경 쓰지 마십시오. 저 녀석이 그런 대로 쓸모는 있는 녀석 같은데 가끔 저렇게 헛소리를 합니다. 미래에서 왔다는 둥, 아주 실성한 놈 같습니다. 그나저나 대체 어찌 된 일입니까? 저에게 『훈민정음』을 찾아오라 시키셨다고 들었는데?"

"그랬지. 한데 찾았는가?"

"송구하옵니다. 저도 마침 『훈민정음』을 찾고 있었는데, 진독청 서고 안에는『훈민정음』은커녕 언문으로 된 책조차 한 권도 남아 있지 않았습니다. 정말 언문의 씨를 말리려나 봅니다.”

“아, 저런! 역시 내가 한발 늦었어!”

안빈세가 무릎을 쳤다.

“외람된 말씀이오나, 그토록 급하셨다면 대감께서 직접 더 높은 관리를 통하는 것이…….”

“그 생각을 안 해 본 게 아니네. 하지만 함부로『훈민정음』을 찾는다고 소문내고 다녔다가 언문 금지령에라도 걸리는 날에는 무슨 일을 당할지 모르지 않겠는가? 자네는 진독청에 있으니 조금은 수월할 것 같아서…….”

안빈세는 스스로 변명 같다고 생각했는지 뒷말을 흐렸다. 윤휘가 말을 이었다.

“진독청의 아는 분 말로는 폐서가에 언문 책 일부가 보관되었다는데, 폐서가가 어디에 있는지 알 길이 없습니다.”

“폐서가의 위치를 아는 사람은 진독청의 관리 몇몇뿐일 걸세. 나도 서고 안에 있다는 말만 들었지 어찌 들어가는지 알 수가 없군.”

바깥 멀리서 여우의 울음소리가 들려왔다. 바람이 휘잉 하고 지나가는 소리도 들렸다.

노빈손은 두 사람이 나누었던 이야기들을 머릿속에 되새겨 보았다. 간단하게 정리되지 않았다.

『훈민정음 해례본』

새 문자를 해설한 책이다. 제일 앞에는 훈민정음의 창제 목적을 밝힌 어제 서문이 있고, 본문 격인 ‘예의’ 부분과 ‘해례’ 부분으로 나뉘어져 있다. 예의는 세종이 직접 썼고 해례는 신하들이 썼다. 그리고 끝에는 정인지 서문이 들어 있다. 보통『훈민정음』이라고 부른다.

한참 만에 윤휘가 입을 열었다.

"대감, 하온대 저는 이해가 되질 않습니다. 대감의 외조부께서는 선왕인 세종대왕이시고, 어머님께서는 그 따님인 정의공주님이십니다. 그 두 분은 훈민정음을 직접 만드신 분들 아니십니까? 그런데 소장하고 계신 책이 없으시다구요?"

"세종대왕께서는 훈민정음을 반포하신 후 여러 권을 찍어 공신들에게 나누어 주고, 또 집현전에 보관하셨네. 내 어머니께서는 두 권을 물려받으셨지."

"그런데 두 권 모두 없어졌단 말인가요?"

"어머니께서 가지고 계시던 한 권은 애초부터 내가 물려받지 못했다네. 그리고 나머지 한 권은 물려받았으나, 언문 금지령이 포고된 직후에 감쪽같이 도난을 당하고 말았네."

"저런……."

정음청

『세종실록』에는 '언문청'이라고 기록되어 있다. 훈민정음 창제 후 궁중에 설치한 기관으로 언문 서적을 편찬하는 일을 맡았다. 『훈민정음 해례본』, 『동국정운』, 『용비어천가』 등을 편찬한 곳도 언문청이다. 사실상 언문 전담 기관이라 할 수 있다. 문종 때에는 불경을 간행하는 일을 주로 했다. 단종 때 폐지되었다.

"더 놀라운 건, 『훈민정음』을 하사받은 공신들 모두가 『훈민정음』을 잃어버렸다는 것이지. 누구는 나처럼 도난을 당했고, 누구는 압수를 당했고……. 마지막으로 한 사람, 믿었던 사람이 있어서 며칠 전에 사람을 보냈더니, 그마저 의문의 죽음을 당했다더군."

그때 윤휘의 머릿속에 스치는 인물이 있었다.

"혹시 문유식 나리 말씀이십니까?"

“아니, 자네가 그 선비를 어찌 아는가?”

“실은 그분 댁에 갔었습니다. 어금니에 ‘明(명)’ 자가 새겨진 종이 쪼가리를 물고 돌아가셨다더군요.”

윤휘는 문유식의 집에서 있었던 일을 상세히 들려주었다. 그러자 안빈세가 깜짝 놀랐다.

“명(明)?”

“대감, 짚이는 것이라도 있으신지요?”

“이 커다란 음모의 중심에 누가 있는지 말해 주려 한 것 같군.”

“‘明’ 자가 말씀입니까? 대체 누구란 말입니까?”

“대……명회, 대명회야!”

안빈세의 숨소리가 불규칙하게 들려왔다.

배반

“크헛!”

어느 순간이었을까? 안빈세의 말에 빨려 들어가고 있는데, 느닷없이 문밖에서 비명이 들렸다. 세 사람은 일시에 숨을 죽였다.

“대감마님, 윤 저작님! 잠시 나와 보셔야겠습니다.”

매향의 목소리였다.

안빈세는 벌떡 일어났다. 윤휘도 부리나케 일어나 문을 열었다. 매향이 횃불을 들고 서 있었다. 그 옆에는 시커먼 그림자 하나가 무릎을 꿇은 채 엎어져 있었다.

"매향이로구나. 그런데 내가 와 있는 걸 어찌 알았더냐?"

"아, 그게……. 저 야인 녀석이 틀림없이 대감마님께서 오실 거라고 하기에……. 실은 대감마님의 뒤를 밟았습니다."

"허허! 내 뒤를 밟다니?"

"뒤를 밟으면 대감마님의 뒤를 쫓는 자가 있을 거라기에……."

"아니, 네가 그걸 어떻게 알았느냐?"

안빈세가 이번에는 노빈손을 돌아보며 물었다.

"낮에 뵌 대감마님께서 지나치게 주위를 의식하는 것처럼 보이시기에, 집안 사람 중 누군가가 대감마님을 감시하고 있을 거라 생각했사옵니다."

이얏호! 노빈손은 속으로 쾌재를 불렀다. 분위기는 심각한데 공연히 헛웃음이 자꾸만 나왔다.

집현전

고려 때부터 있던 기관을 세종이 확대 개편했다. 학문을 연구하고 학자를 양성하는 기관으로 학자들과 왕이 어울려 학문을 토론하며 왕의 정치를 돕거나 왕세자를 교육시켰다. 세종은 특히 장래성이 돋보이는 젊은 학자들에게는 사가독서라고 휴가 기간 동안 맘대로 책을 읽을 수 있는 특전을 베풀기도 했다.

"오호. 그랬구나. 그럼, 대체 어떤 놈인지 그 낯짝이나 보자꾸나."

안빈세는 매향에게 말했다. 매향이 횃불을 아래로 내렸다.

몰골이 말이 아니었다. 쌍코피를 주르르 흘리고 있었다. 한쪽 눈이 판다처럼 까맣게 물든 것을 보니 매향이 어지간히 두들겨 팬 모양이다.

"네놈은 마름쇠가 아니더냐?"

"혹 아시는 자입니까?"

"왜 모르겠나, 내 집에서 부리는 하인인데! 네 이놈! 오래전, 갈 곳이 없어 떠돌던 네놈을 먹여 주고 재워 주지 않았느냐."

"대감마님, 죽을죄를 지었습니다요. 제발 한 번만 용서해 주십쇼."

"괘씸한 놈! 바른 대로 말하거라. 누가 시킨 짓이냐?"

목소리가 낮을 때는 몰랐는데, 소리를 높이자 사방이 쩌렁쩌렁 울렸다. 크지 않은 몸집에서 어찌 저런 소리가 나올까. 저런 걸 카리스마라고 하나. 세종대왕의 외손이시니까.

“그, 그것만은……..”

“이놈이 아직도 정신을 못 차렸구나. 내가 네놈의 목을 단칼에 베어 버리겠노라!”

마당으로 내려선 안빈세는 말릴 틈도 없이 매향의 칼을 빼앗아 들었다.

“대감마님, 소인은 정말로 아무것도 아는 게 없사옵니다. 다만, 그 칼…….”

“칼이 어쨌다는 것이냐?”

이번에는 윤휘가 호통을 쳤다. 더듬거리면서도 입을 여는 사내를 본 안빈세가 칼을 든 채 멈추었다.

“웬 선비 하나와 무사들이 찾아와 칼을 들고 저와 식솔들을 위협했습니다요. 대감마님의 일거수일투족을 감시하여 알려 주면 훗날 양민으로 올려 준다기에……. 그렇지, 그 무사들의 칼 손잡이에 ‘明’(명) 자가 써 있는 것을 제 두 눈으로 똑똑히 보았습니다요.”

“뭣이? ‘明’……? 그렇다면 대, 명, 회?”

흔들림이 없던 안빈세의 미간이 일순간 일그러졌다. 쳐들었던 칼이 아래로 내려갔다.

그때 노빈손의 머릿속을 스치는 것이 있었다. 진독청에서 변대희를 만났을 때, 조양범이란 사람이 흘렸던 은장도의 노리개에도 써 있던 글씨. 맞다! 그 글씨도 ‘明’이었다!

이러고 있을 때가 아니란 생각이 들었다. 노빈손은 앞으로 나섰다.

"하오면 대감마님! 이제 그만 댁으로 돌아가십시오. 소승의 도술로도 『훈민정음』은 찾을 수 없을 듯하옵니다. 몸이라도 온전히 보전하셔야 하지 않겠습니까? 소승도 그만 산사로 돌아갈까 하옵니다."

헛! 또 땡초 흉내? 노빈손은 제 자신에게 놀랐다. 훈민정음으로 염불을 외더니, 그 맛이 들었나. 요즘은 어째 순발력이 사뭇 엽기적인 쪽으로만 흐른단 말씀.

어쨌거나 노빈손은 그럴듯하게 보이기 위해 두 손을 모아 합장까지 했다. 마름쇠란 사내가 그 모습을 보며 눈을 껌뻑거렸다.

노빈손은 아무도 눈치 채지 못하게 안빈세를 향해 눈을 찡끗 감았다가 떴다. 그러자 안빈세는 당황한 듯 미간을 찌푸리며 노빈손을 쳐다보았다. 잠시 고개를 갸우뚱하던 안빈세는 곧 노빈손의 신호를 알아들은 듯했다.

안빈세는 매향을 향해 말했다.

"매향아, 저자를 풀어 주거라!"

"네? 무슨 말씀이시옵니까? 이자가 두 분이 이야기하는 것을 모두 들었사옵니다. 그런데 그냥 돌려보내라니요?"

"허허, 두 번 다시 저자의 얼굴을 보고 싶지 않아서 그러는 것이니, 시키는 대로 하거라."

하는 수 없이 매향은 사내를 묶었던 밧줄을 풀어 주었다.

마름쇠라는 사내는 잠시 머뭇거리더니 곧

과거 시험 과목에 훈민정음이 있었다

세종은 훈민정음을 널리 퍼트리기 위해 과거 제도를 활용했다. 우선 왕실의 공식 문서를 의도적으로 한글로 쓰게 했고, 훈민정음을 반포한 그해 겨울 과거 시험에 대해 언급하면서 '훈민정음도 아울러 시험하되, 능히 합자(合字)하는 사람을 뽑게 하라'고 명했다. 이때 합자란 한글의 초성·중성·종성을 조합하는 것을 의미하는데, 즉 한글을 쓸 수 있는 사람을 말한다.

일어났다. 그리고 주막 바깥으로 뛰쳐나갔다.

"아니, 이놈아! 대체 무슨 꿍꿍이냐? 어쩌려고 또 땡초 노릇이냐?"

하인이 사라지자 윤휘가 물었다. 노빈손은 못 들었는지 매향을 향해 말했다.

"매향아, 뭐 해?"

"어?"

"저자를 쫓아가야지."

"쫓아?"

"그래. 대명회의 배후를 확인해야 할 거 아니야. 내 짐작엔 조양범인가 하는 그 사람인 거 같은데……."

"배후를 캘 거라면 놈에게 칼을 들이대고 자백을 받아 냈어야지."

윤휘가 나섰다. 하지만 노빈손은 고개를 저었다.

"헤헤! 그건 아니죠. 저자의 주리를 틀면 저쪽에서 가만히 있을까요? 대감마님께서 더 위험해지실 거예요. 자기들의 정체를 알았는데 그냥 놓아 두겠어요?"

"하긴 그렇구나."

안빈세가 고개를 끄덕이며 맞장구쳐 주었다. 노빈손은 한 마디 더 했다.

"지금은 그보다 『훈민정음』을 찾는 게 우선인 것 같아요. 저들은 아마 『훈민정음』을 찾기 전까지는 대감마님을 함부로 해치지 못할 거예요. 마지막 남은 『훈민정음』이 대감마님의 주변에 숨겨졌을 것이라고 믿고 있으니까요."

"하지만 저들이 먼저 『훈민정음』을 찾으면?"

"그때는 대감마님께서 정말 큰 위험에 처하게 되지요. 그러니까 우리가 먼저 『훈민정음』을 찾아야 해요. 그나저나 매향아, 뭐 해?"

"어어, 그, 그래! 근데 야인 놈아. 왜 나만 시키는 거냐?"

"내가 갈 수는 없잖아? 난 칼싸움도 못하는데. 헤헤."

노빈손은 혀를 내밀면서 웃었다. 매향은 그것이 자신을 흉내 낸 것임을 아는지 모르는지 눈을 부라렸다.

"그래. 매향아, 어서 이 야인 청년의 말을 듣거라. 무슨 생각이 있겠지. 다녀온 뒤 나를 찾아오너라."

안빈세가 나섰다. 하는 수 없이 매향은 마름쇠가 사라진 쪽을 향해 뛰었다.

"그런데 마름쇠가 대명회 사람들을 찾아가리란 걸 어찌 아느냐?"

매향이가 달려 나간 뒤 안빈세가 노빈손에게 물었다.

"대감마님께서 그자에게 더 이상 거두어 주지 않겠다 했으니 갈 곳이 거기밖에는 없을 것입니다. 다른 곳으로 도망을 쳤다가는 대명회에게 죽임을 당할 게 뻔하니까요."

안빈세가 고개를 끄덕이더니, 또 물었다.

"그래, 앞으로는 어쩔 셈이냐?"

한글로 쓰인 최초의 책

훈민정음으로 된 최초의 문헌인 『용비어천가』는, 태조를 비롯한 역대 왕을 찬양하고 나아가 후대의 왕에게 나라를 잘 다스리라는 권고의 내용을 담고 있다. 세종이 훈민정음을 창제하고 제일 먼저 이와 같은 책을 만들게 한 의도는 훈민정음의 실용성을 시험하고 왕조의 정통성 확보를 위한 계책이었다고 할 수 있다. 훗날 『용비어천가』는 아악으로 사용되기도 했다.

이번엔 윤휘가 말했다.

"진독청에 다시 가 봐야겠습니다."

"진독청?"

"네. 이제 마지막으로 희망을 가져 볼 곳은 폐서가밖에 없는 듯합니다. 변대회 부수찬을 졸라 봐야겠습니다."

"으음……."

안빈세는 긴 숨을 내쉬었다. 무슨 생각을 하는 듯 뒷짐을 지고 잠시 서성거렸다. 그러다가 윤휘에게 말했다.

"윤 저작! 몸조심하게. 그리고 사흘 후 진시에 낙천정에서 보세."

"지금 낙천정이라 하셨습니까?"

"그래. 아무래도 집 안팎은 따르는 자들이 있을 것 같으니 다른 곳에서 만나야겠고, 낙천정이 적격이겠지. 벌레나 키우는 곳에 누가 오겠나? 아, 이제 낙천정이라 부를 수도 없겠군. 한낱 양잠실이 되었으니 말일세."

아! 낙천정. 노빈손은 며칠 전에 윤휘에게 들었던 얘기를 떠올렸다. 그 때문인지 안빈세의 말은 몹시 쓸쓸하게 들렸다.

공식적으로 채택된 한글

한글이 우리나라의 글자로 정식 지정된 것은 갑오개혁 이후의 일이다. '법률 칙령은 모두 국문(한글)으로 본을 삼되, 한문을 덧붙여 번역하거나 국한문을 혼용할 수 있다' 라고 정하여 한글이 우리 글자로 인정받기 시작했다. 곧이어 외국의 국명이나 인명을 국문으로 써야 한다는 법령이 발표되었고, 외국의 문서를 우리글로 옮기는 일이 본격적으로 추진되었다.

마지막 편지

궁궐에 다다르니 이미 해질 무렵이었다.

"서두르자. 왠지 느낌이 좋지 않아."

윤휘는 걸음을 빨리했다. 뭔가 안 좋은 일이 일어날 것 같은 기분이 드는 것은 노빈손도 마찬가지였다. 사방을 휘돌아보면서 노빈손은 윤휘를 따랐다.

수정전의 첫 계단을 오르기도 전에 건물 모퉁이에서 누군가 급히 달려왔다.

"혹시 윤휘 저작님 아니신지요?"

키가 작은 나인이었다. 얼굴이 가무잡잡했다.

"내가 윤휘요. 그런데 뉘시오?"

"아, 맞군요. 어렵지 않게 찾아서 다행입니다. 몇 날이고 기다리면 만날 수 있을 거라 했는데……."

"무슨 말씀이오?"

"실은 부수찬 나리 심부름으로 왔습니다."

"부수찬이라면……? 변대희 부수찬 말씀이오? 여기에 안 계시고 어디 도망이라도 갔단 말이오?"

"도망간 것이 아니옵고, 의금부에 붙잡혀 가셨습니다."

"뭐, 뭐라고요? 그사이 의금부에?"

"그렇습니다. 어젯밤, 옥지기에게 뇌물을 주고 저에게 이걸…….

윤휘 저작님께 전해 드리라고 하였습니다.”

나인은 호패와 편지를 내밀었다. 그러고는 두리번거리며 건물 모퉁이로 다시 사라졌다.

편지를 펼쳐 보니 언문이었다. 윤휘는 끄응, 하는 소리를 내며 노빈손에게 편지를 건네주었다.

노빈손은 소리를 내서 읽기 시작했다.

윤 저작 보게

이 편지가 자네에게 전해지지 않기를 바라네. 왜냐하면 폐서가에 들어가는 것은 매우 위험한 일이기 때문일세. 그러므로 자네가 이 편지를 받았더라도 그대로 실행하지 않길 바라네.

자네가 궁금해하던 폐서가는 수정전 안에 있네. 원래 폐서가는 세종대왕께서 나라의 중요한 책자들을 보관하기 위해 만든 비밀 서가일세. 그 안에 들어가는 방법은 대제학과 부제학, 그리고 버려야 할 책을 구별하는 품평관만이 알 수 있었다네. 원래는 수찬 김유근 나리가 품평관이었으나, 언제부터인가 직제학 조양범 어르신

122

의 소관이 되었다네.

　자, 이제부터 내 말을 잘 듣게.

　서가에 들어가거든, 무조건 정면 통로를 따라 끝까지 가게. 막다른 곳이 바로 남쪽 벽일 걸세. 벽에 세워진 책장 중 오른쪽에서 28번째 책장을 찾게.

　그 책장의 다섯 번째 칸 가장 왼쪽에 『경제육전(經濟六典)』이라는 책이 있을 걸세. 그 책을 빼내면 호패 하나가 딱 들어갈 만한 홈이 세 개 파여 있을 것이네. 그 중 한 곳에 호패를 넣어야 하네.

　함께 보내는 이 호패는 김유근 나리 것일세. 붙잡혀 가면서 호패를 슬쩍 내 발 앞에 떨어뜨리셨지. 품평관의 호패는 양각으로 새겨져 있고, 구멍 안의 글씨는 음각이라네. 폐서가에 들어갈 수 있는 사람의 호패만 그렇게 새겼다네. 그러므로 이름이 일치하지 않으면 폐서가의 문을 열 수 없을 것이네. 세 개의 홈 중에서 양각과 음각이 일치하는 곳을 찾아 안으로 밀어 넣은 다음, 오른쪽으로 힘껏 돌리게. 그러면 폐서가의 문이 열릴 것이네.

아!

노빈손은 가슴이 저렸다. 조양범과 홍성우의 이야기를 엿듣고 미리 피하라고 했지만, 변대희는 듣지 않았다.

"차라리 그냥 있다가 잡혀가는 게 나을 거야. 피하려고 도망쳤다가는 죽음을 면치 못할 것이네."

그 목소리가 생생했다.

노빈손은 윤휘를 돌아보며 물었다.

"형님, 어떻게 하실 겁니까? 그래도 들어가실 건가요?"

그러자 윤휘가 고개를 끄덕였다. 또 땀을 흘리기 시작한다. 긴장하기만 하면 삐질삐질. 가슴에 손수건이라도 달아 주어야지, 원.

"들어가야지."

도포 자락으로 땀을 닦으며 대답한 윤휘가 곧 앞서 걸어갔다. 노빈손도 초롱을 들고 따랐다.

폐서가의 비밀

"딱 일각일세! 해가 진 뒤에는 서고 출입이 금지되어 있다는 것, 알고 있지?"

숙직하던 관리는 윤휘가 엽전을 쥐어 주자 그렇게 말하며 서고의 문을 열었다. 휴, 썩어빠진 관리는 어디에나 있는 모양이다. 벌써 두 번째다! 어쩔 수 없는 일이지만 입 안이 썼다.

그런데 일각이라고? 그러면 15분밖에 안 되는데, 그사이에 뭘 하
겠다는 걸까?

"어흡!"

서고에 들어서자 오래된 책 냄새가 코를 자극했다.

"정면 통로의 끝……."

윤휘는 한 손에는 초롱을 들고, 한 손으로는 서가를 헤아리며 좁
은 통로를 뛰듯이 걸었다. 노빈손은 등불 빛으로 편지를 읽으면서

그 뒤를 따랐다.

"이제 오른쪽에서 28번째 책장······. 책장의 아래로부터 5번째 칸 왼쪽······."

"옳지! 『경제육전』이 여기에 있구나."

윤휘가 책을 꺼내 호패의 음각 자리를 찾았다. 그리고 편지에서 시킨 대로 오른쪽으로 돌렸다. 그러자 28번째 서가가 거짓말처럼 옆으로 회전하면서 입구가 만들어졌다.

"이, 이건······."

겁이 덜컥 났다. 어째 분위기가 인사동 고서점 분위기네. 노빈손은 떨떠름했다.

윤휘는 앞서서 폐서가 안으로 들어섰다. 노빈손도 식은땀을 흘리며 뒤를 따랐다.

"아······."

폐서가는 몹시 어지러웠다. 바깥의 서고와 비슷한 간격으로 책장이 줄지어 늘어서 있었지만, 땅에 아무렇게나 떨어진 책들도 보였고, 한쪽 구석에는 책들이 무질서하게 수북이 쌓여 있었다.

"흩어져서 찾아보자!"

윤휘는 낮은 목소리로 말했다. 그러더니 서가 한쪽으로 성큼성큼 걸어갔다. 노빈손은 발걸음이 떼지지 않았다. 15분이라는 시간을 가늠할 수가 없어서 불안했고, 어두워서 마음이 놓이지 않았다.

한참 만에 겨우 한 서가에 다가섰지만, 무얼 어떻게 해야 할지 알 수 없었다.

“없어! 여기도 없어!”

윤휘는 서가를 이리저리 뛰어다니며 연신 중얼거렸다. 책이 후두둑 떨어지는 소리도 들렸다.

노빈손이 보아도 그랬다. 책 무더기 사이로 한글 제목들이 몇 개 눈에 띄었고, 책 외에 서류 뭉치도 있었지만 『훈민정음』은 보이지 않았다.

“형님, 아무리 찾아도 없어요.”

“그래, 없어! 한 권도 남아 있지 않아. 한 권도!”

윤휘는 낙심한 듯 목소리에 힘이 없었다. 그러면서도 연신 책 더미를 파헤치고 있었다. 얼핏 정신이 나간 사람처럼 보였다.

“형님, 시간이 없어요. 일각이 다 지나가요.”

마음이 조급했다. 노빈손은 폐서가 바깥을 쳐다보며 윤휘의 옷소매를 끌어당겼다.

바로 그때였다. 날카로운 소리 하나가 서고를 찢어 놓을 듯 들려왔다.

“어서 놈들을 찾아!”

『경제육전』

1397년, 태조의 명에 의해 조준의 책임 하에 편찬된 법전이다. 전체의 내용은 전해지지 않지만 훗날 『경국대전』(성종 때 간행된 법전)과 같은 법전을 만드는 데 기초가 되었다. 한자는 물론이고 이두와 방언이 섞여서 쓰였다. 이후에 하륜과 황희 등에 의해 꾸준히 수정 보완되었다.

귀신이 나타났다

서고에 들이닥친 무리들은 모두 네 명이었다. 칼을 들고 있는 무사가 셋, 그리고 한 사람은 진독청에서 보았던 홍성우였다. 동쪽 창에서 스며드는 달빛에 드러난 그의 얼굴이 몹시 차가워 보였다. 틀림없다. 조양범과 홍성우는 대명회와 깊이 관련된 인물이구나. 아, 안빈세 대감마님은 이 사실을 알고 있을까? 은장도의 붉은 노리개 이야기를 해 주긴 했지만……. 하인을 뒤쫓아 갔던 매향은 이 사실을 확인했을까? 온갖 생각들이 머릿속을 떠돌았다.

그때, 무사 하나가 윤휘를 발견하곤 입구 쪽까지 끌고 나갔다. 윤휘가 얼른 노빈손을 빈 책장 위쪽으로 올려 보내지 않았으면 노빈손도 틀림없이 끌려 나갔을 것이다. 샌님인 줄만 알았는데, 순발력이 있었다.

"또 한 놈은 어디에 있느냐?"

홍성우가 윤휘에게 외치는 소리가 들렸다.

"모릅니다. 이곳에는 나 혼자 왔습니다."

"이놈이 작정을 하고 나를 속이려 드는구나. 숙직 서던 자가 틀림없이 둘이라 했는데, 잡아뗄 것이냐?"

"대체 왜 이러는 것입니까? 진독청의 학사가 서가에 책을 보러 왔는데, 어찌 그것이 잘못이란 말입니까?"

윤휘는 오히려 따져 물었다. 그들의 목소리가 빈 서가 안에서 쩌렁쩌렁 울렸다.

"이놈! 네놈은 변대회와 함께 언문을 논하고, 또한 괘서를 붙이지 않았느냐?"

"무슨 말씀이시오. 나는 그런 적이 없소. 난 언문을 제대로 읽을 줄도 모른단 말이오."

"그래도 시치미를 떼는구나. 네놈은 틀림없이 안빈세 대감의 지시를 받고 이곳에 잠입했겠다?"

아, 역시 마지막 목표는 안빈세 대감이었어! 노빈손은 숨을 깊이 들이쉬었다.

그런데 어찌 알았을까? 우리가 이곳으로 올 것을 저들이 미리 알아챈 것일까? 혹시 매향이 잘못된 건 아니겠지? 노빈손은 머리가 복잡해졌다. 무슨 서바이벌 게임을 하는 기분이었다.

바로 그때였다. 어디선가 날카롭고 차가운 빛이 노빈손의 눈을 찔렀다. 노빈손은 숨이 탁 막혔다. 그것은 달빛에 반사된 칼날이었다. 칼을 든 무사 하나가 노빈손이 올라가 있는 책장 쪽으로 서서히 다가오고 있었던 것이다.

'죽었구나!'

다른 것은 아무것도 생각나지 않았다. 그 말만 머릿속에서 빙빙 돌았다. 천하의 노빈손이 이곳에서 칼 맞아 죽는구나. 갑자기 서러워졌다.

노빈손은 아래에서 올려다보아도 눈에 띄지 않도록 엎드린 채로 만세 포즈를 취하고 책장 위에 달라붙었다. 무사에게 자칫 옷자락이라도 발견되면 여지없이 칼날이 날아올 테니까. 아예 숨마저 참았다.

**훈민정음과
LG 휴대폰**

혹시 LG 휴대폰을 갖고 있다면 자판을 유심히 볼 필요가 있다. 왼쪽 아래 부분에 '획 추가' 버튼이 있다. 가령 문자를 보낼 때, 'ㄴ'을 누르고 '획 추가' 버튼을 누르면 'ㄷ'이 된다. 한 번 더 '획 추가' 버튼을 누르면 'ㅌ'이 된다. 'ㅁ'을 누르고 '획 추가' 버튼을 눌러 'ㅂ'과 'ㅍ'을 만드는 것도 마찬가지이다. 이것은 다름 아닌 훈민정음의 '가획의 원리'에서 착안한 것이다.

다행히 무사는 노빈손이 몸을 숨긴 책장을 지나쳤다. 그러나 그 다음이 문제였다. 너무 힘을 주고 팔다리를 뻗고 있었던 탓인가?

'쥐, 쥐다!'

다리가 뻣뻣해졌다. 으아아! 보통 큰 쥐가 아닌 것 같다. 다리 전체가 마비되는 것 같았다. 도저히 참을 수가 없었다.

"아욱!"

노빈손은 몸을 뒤집고 손을 뻗어 엄지발가락을 잡아당겼다. 순간, 몸이 기우뚱 한쪽으로 쏠렸다.

"으아아악!"

우당탕탕! 시끄러운 소리와 함께 노빈손은 바닥에 내동댕이쳐지고 말았다. 아이고, 머리야. 아니, 다리야.

픽! 책장에 있던 책이 얼굴로 떨어졌다. 어흑, 코! 코에 심한 통증이 느껴졌다.

그와 동시에 외침 소리가 들렸다.

"놈이다! 잡아라!"

노빈손을 두고 하는 소리임에 틀림없었다. 노빈손은 벌떡 일어났다. 도망가야 해. 머릿속에는 그 생각뿐이었다. 그러나 채 한 걸음을 옮기기도 전에, 노빈손은 다시 한번 책장 모서리에 부딪혔다.

"어흑!"

이번에는 이마와 코를 찧었다. 눈두덩까지 모서리에 박았다. 으아, 달밤에 이게 무슨 몸 개그냐? 머리가 핑 돌았다. 손으로 코를 문질러 보았지만 통증이 가라앉지 않았다. 그런 중에도 도망가야 된다는 생각뿐이었다.

그때 뒤쪽에서 날카로운 소리가 날아들었다.

"네 이놈!"

노빈손은 깜짝 놀라 움직임을 멈추었다. 그리고 천천히 돌아섰다. 항복하는 표시로 양손까지 엉거주춤 들어올렸다.

그런데 이게 무슨 일일까.

"허억, 허억!"

노빈손이 돌아서자, 칼을 들이대던 무사가 갑자기 뒤로 주춤거리며 물러섰다. 달빛 때문인가? 무사의 얼굴이 백지장처럼 하얘지는 게 보였다. 뭘 잘못 먹었나? 왜 저래? 노빈손이 한 걸음 다가서니, 한술 더 뜬다.

"귀, 귀신……. 으아악! 사, 사람 살려!"

무사는 아예 엉덩방아를 찧으며 주저앉더니 그 자세로 뒷걸음질 쳤다. 노빈손이 한 걸음 더 다가가자 얼른 일어나 내빼 버렸다. 도대체 저 사람이 뭐라는 거야? 노빈손은 고개를 갸웃거렸다.

"……."

노빈손은 이러지도 저러지도 못하고 멍하니 쳐다보았다. 무얼 해야 할지 정신이 없었다. 도망가야 되나? 아니면……? 코밑으로 질척한 것이 느껴졌다. 콧물? 이런 때에 왜 콧물

훈민정음과 삼성 휴대폰

그럼 삼성 휴대폰은 훈민정음의 어떤 원리를 응용했을까. 이번엔 모음을 유심히 살펴볼 필요가 있다. 삼성 휴대폰은 이른바 '천지인'의 원리를 응용했는데, 'ㆍ', 'ㅡ', 'ㅣ'으로 모든 모음을 만들어내는 것이다. 이를테면 'ㅣ'와 'ㆍ'를 눌러 'ㅏ'나 'ㅓ'를 만들고, 'ㆍ'와 'ㅡ'를 차례로 눌러 'ㅗ'나 'ㅜ'를 만드는 식이다. 이것 역시 훈민정음의 모음이 기본 모음자를 바탕으로 만들어진 원리를 응용한 것이다.

이 나는 걸까? 책 먼지 때문인가? 인사동 규장각 분점에서도 재채기가 나더니. 이상하게 콧물이 멎지를 않았다. 노빈손은 손등으로 콧물을 훔쳐냈다.

그러고 있는데 또 다른 두 명의 무사가 달려왔다.

"저는요, 다만……."

어떻게든 잘 말해서 목숨만은 살려 달라고 빌어 볼 참이었다. 그런데 이번에도 달려오던 무사들이 걸음을 우뚝 멈추었다.

"귀신, 귀……."

"으아, 으아……. 으아악!"

둘 모두 뭐라 말도 못 하고 뒷걸음질 쳤다.

"아니요, 제가요……."

노빈손은 어쩔 줄 모르고 그들을 따라가며 말했다. 지금 무슨 일이 벌어지고 있는지 알 수가 없었다. 아니, 어떤 상황이든 일단 살아서 나가야 될 거 아니냐고요.

하지만 무사들은 노빈손이 다가갈수록 도망갈 뿐이었다. 한 사람은 칼까지 팽개치고 달아났다.

"저기요……!"

그 뒤를 따라가다 보니 서고 입구까지 와 버렸다. 거기에는 무릎을 꿇고 앉은 윤휘와 홍성우가 있었다.

"저, 저게 무엇이더냐?"

"나리, 귀신입니다. 서고에서 죽은 자가 있다더니, 어서 피하십시오."

홍성우가 묻자 무사 하나가 소리치며 달아났다.

노빈손은 기분이 나빴다. 가만 들어 보니, 자신을 귀신 취급하고 있지 않은가? 게다가 도망까지 가는 건 뭐람? 그래도 어쩔 것인가. 윤휘를 구해 내려면 홍성우란 자에게

사정이라도 해 봐야 할 것 같았다.

노빈손은 홍성우에게 다가갔다.

"저기요……!"

"으아, 으아악! 저, 저건 사람이 아니다. 사람이 아니야!"

말을 꺼내기가 무섭게 홍성우는 기겁을 하며 뒷걸음질 쳤다. 그도 다른 무사들처럼 노빈손이 몇 걸음 더 다가서자 결국 걸음아 날 살려라 달아나 버렸다.

이제 남은 사람은 윤휘뿐이었다.

"형님! 무사하셨네요."

노빈손은 윤휘에게 다가갔다. 그러자 윤휘도 움찔하며 뒤로 물러났다.

"누, 누구냐. 귀신이면 썩 물러가거라!"

인도네시아 남부 술라웨시 주의 바우바우 시. 이 지역에 사는 찌아찌아 부족은 언어(찌아찌아어)는 있으나 문자가 없었다. 그래서 라틴어로 적었으나 라틴어로 찌아찌아어의 발음을 적는 데에 한계가 있어서 한글을 도입했다. 비록 6만여 명밖에 안 되는 소수 민족이지만 한글을 수출하여 다른 나라 사람들이 우리 문자를 쓰게 되었다는 것은 매우 반가워 할 일이다.

"왜 이러세요. 저 빈손이에요."

"비, 빈손? 네가……. 그럼, 귀신이 아니냐?"

"귀신이라니요? 오늘 전부 왜 이래요. 저 빈손이라니까요."

답답했다. 야인도 모자라서 이젠 귀신 취급을 하다니. 정말 갈수록 태산이다. 노빈손은 한숨이 푹 나왔다.

"저, 정말이냐? 그런데 얼굴에 웬 피 칠갑을 하고 나타났느냐?"

“네? 뭐라고요?”

그제야 노빈손은 손으로 얼굴을 만져 보았다. 얼굴이 온통 끈적거렸다. 괴한들이 버리고 간 칼날에 얼굴을 비추어 보자…….

“으악! 쌍코피!”

그런 거였다. 아까 손에 닿은 건 콧물이 아니었다. 어쩐지 콧물치고는 지나치게 끈적거리더라니! 책장 위에서 떨어지면서 책에 맞아 코피가 났고, 기둥에 한 번 더 부딪힌지라 코가 말이 아니었다. 뿐만 아니라 눈두덩까지 부어올랐으니 호롱불빛에 드러난 모습이 가관이었을 터. 무사들과 홍성우가 놀라 도망갈 만도 했다.

명나라에서 온 손님

귀신 소동이 있고 두 식경쯤 지난 뒤, 조양범의 집.

진독청 서가의 동창으로 스며들던 달빛이 이 집 뒤뜰 별채에도 희뿌옇게 내리비추고 있었다.

“곧 귀한 손님이 올 걸세.”

홍성우를 방으로 들게 한 조양범이 담담한 목소리로 말했다.

“귀한 손님이라면……?”

“쑨 부어 씬 나리가 오실 걸세. 명나라 비밀 사절 말이네.”

“이리로 말씀입니까?”

“그래. 태평관으로 가려 했으나, 보는 눈도 많고 해서 이쪽으로 모시기로 했네."

"소문도 없이 언제 들어온 겁니까?"

"얼마 전 명나라 상인단으로 위장하여 입국했네."

"그렇군요. 그런데 그건 무엇입니까?"

홍성우는 조양범 앞의 탁자 위에 놓인 노란색 보따리를 가리키며 물었다.

"곧 알게 될 걸세!"

홍성우는 고개를 갸웃거리며 옷매무새를 고쳤다. 아직도 머릿속에는 피 칠갑을 한 귀신의 모습이 생생하게 맴돌았다. 처녀귀신, 총각귀신, 온갖 귀신에 관한 이야기는 다 들어 봤어도 정말 그런 괴기스런 모습의 귀신은 처음이다. 그것도 직접 맞닥뜨리다니……. 아무리 생각해도 언문 때문에 잡혀 죽은 귀신이 틀림없었다. 하긴 그 탓에 죽은 자만 몇 명이던가?

휴우! 홍성우는 다시 한번 가슴을 쓸어내렸다.

바깥에서 기척이 들렸다.

"영감마님, 손님이 오셨습니다."

문을 열고 들어선 뚱뚱보 사내는 들어오자마자 짙은 회색의 두루마기를 벗었다. 비단 저고리가 드러나며 호롱불에 반짝였다. 그는 제멋대로 탁자 가장 위쪽에 앉더니 팔짱을 끼었다. 그의 오른쪽 옆으로 호리호리한 체격의 역관이 바싹 붙어 서 있었다.

조양범이 먼저 고개를 숙이며 명나라 말로 인사를 건넸다. 그러자 그는 거만한 자세로 고개만 끄덕였다. 이어 조양범은 홍성우를 돌아 보며 낮은 목소리로 말했다.

"자네도 인사 올리게. 대국에서 비밀리에 파견한 밀사 쑨 부어 씬 이시라네."

쑨 부어 씬? 뭘 부었다고? 얼굴에 돼지기름을 부었나? 얼굴이 왜 저리 번지르르한 거야. 홍성우는 사신이란 자가 맘에 들지 않았다.

할 수 없이 조양범을 따르고는 있지만, 명나라의 이놈들은 도무지 정이 안 간다. 저 거만한 자세 하며, 사사건건 남의 나라 일에 참견 하는 꼴이란! 게다가 조선 사람이라면 목숨도 함부로 여기는 자들 이 아닌가? 홍성우는 아주 오래전의 일이 생각나 입맛이 썼다.

하지만 홍성우는 잠자코 쑨 부어 씬을 향해 머리를 조아렸다. 그 러자 그가 손을 가로저었다.

"보자, 책. 가져왔니?"

쑨 부어 씬은 역관을 무시하고 어설픈 조선 말을 해 댔다. 어법도 틀리고, 저 반말은 뭔 가? 길 가는 강아지한테 조선말을 배웠나.

"여기 있습니다."

조양범이 탁자 위에 올려놓았던 보따리를 풀었다. 쑨 부어 씬은 기다렸다는 듯 얼른 달 려들어 보따리 속에 있던 책들을 뒤적거렸다.

조양범이 내놓은 보따리에는 『훈민정음』 한 권과 『내훈』, 『석보상절』이 들어 있었다. 모

명나라 사신

명나라 사신의 위세는 대단했다. 명나라 사신이 온다는 기별을 받 으면, 조선의 조정에서는 신하들 을 벽제관(지금의 고양시 부근, 사신들이 한양에 들어오기 전에 쉬는 곳)까지 내보내 영접케 하 였다. 특히 사신이 명나라 황제 의 칙서라도 가지고 올 경우, 조 선의 국왕은 머리를 조아리고 칙 서를 받아야 했다. 그들이 돌아 갈 때는 수많은 특산품을 비롯한 조공 물품을 가지고 돌아갔다.

두 언문과 관련이 깊은 책들이었다. 그리고 또 한 권의 책, 『총통등록』이 있었다. 순간, 홍성우는 깜짝 놀라고 말았다. 국가 기밀에 속한다는 책 아닌가? 새로운 화포에 관한 모든 내용을 수록했으며, 임금 외에 몇몇 신하들만 볼 수 있다는…….

홍성우는 자신도 모르게 고개를 저었다. 이건 아니지, 싶었다. 자꾸만 조양범이 하는 일에 회의가 생기고 있었다.

쑨 부어 씬은 그 책들을 한참 동안 들여다보더니 탁자 위에 탁 내려놓았다. 그러고는 소리를 높였다.

"한자 쓰야지, 다른 문자 안 된다, 이거……. 우리 사람 엄마나 나쁜지 알아 해? 기분……."

자기네 엄마가 나쁘다는 거야, 뭐야! 홍성우는 눈살을 찌푸렸다.

"송구하옵니다."

"더 줘라. 언문 책 더 줘라. 다 어디 갔나, 이거! 우리 황제 노한다. 조선은 한문 써야 해."

말을 할 때마다 쑨 부어 씬의 볼이 실룩거렸다.

"모두 불태웠습니다. 지금도 찾아내서 불태우고 있습니다. 언문을 아는 자들도 다 잡아들이고 있습니다."

"안 돼, 안 돼. 또 있다. 실록에도 이거 들어 있다. 훔민쩡엄, 그거 실록에도 있어. 맞지? 그거 지워라."

순간 조양범의 얼굴이 일그러졌다. 홍성우도 깜짝 놀랐다. 명나라 사신이 그런 것까지 어떻게 알고 있을까?

"맞습니다. 『세종실록』에도 언문에 대한 내용이 들어 있습니다. 하지만 실록을 보는 건 금지되어 있고, 고치는 건 더더욱 어렵습니다. 시간이 걸릴 것입니다."

"안 된다. 없애. 없애야 된다 해."

"염려 마십시오. 지금 손을 쓰고 있습니다."

생떼를 쓰던 쑨 부어 씬은 다시 책을 뒤적거렸다. 그사이에 홍성우가 조양범에게 낮은 소리로 물었다.

"실록에 손을 대겠다는 말씀이십니까? 그게 가능한 일입니까? 어명으로 금지되어 있는 일입니다."

"그럼 어찌하겠는가? 지금은 언문을 없애는 게 우선이니 어떻게든 손을 써 봐야지."

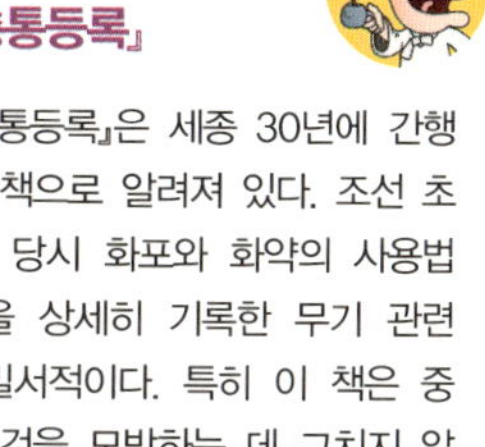

『총통등록』

『총통등록』은 세종 30년에 간행된 책으로 알려져 있다. 조선 초기, 당시 화포와 화약의 사용법 등을 상세히 기록한 무기 관련 기밀서적이다. 특히 이 책은 중국 것을 모방하는 데 그치지 않고, 한국식 무기를 새로 제조·사용 법을 안내하고 있어 조선의 화포 기술 발전에 크게 기여하였다고 한다. 온전한 책은 전해지지 않으며, 『국조오례의서례』(성종 5년에 편찬)라는 책의 '병기도설' 부분에 그 일부가 소개되어 있다.

그때 쑨 부어 씬이 나섰다.

"니네 왜 떠드니? 나도 알아야 한다 해."

바로 그때였다.

쉬이잇! 파팍!

문을 뚫고 화살이 날아들었다. 탁자 옆의 기둥에 박힌 화살 끝이 파르르 떨렸다. 그와 함께 화살 허리에 매어져 있던 종이 매듭이 나비처럼 너울거렸다. 편지였다.

쑨 부어 씬은 얼굴이 새파랗게 질린 채 탁자 아래로 엎드렸다.

홍성우가 재빨리 문을 열었지만 마당에는 아무도 없었다. 멀리 담장 위에 시커먼 그림자가 서 있었다.

"게 서지 못할까?"

홍성우는 그림자가 있는 쪽을 향해 달렸다. 그러나 채 몇 걸음 떼지 않았을 때, 두 번째 화살이 날아왔다.

파팍!

화살은 홍성우의 발 앞에 와서 깊이 박혔다. 그 화살에도 편지가 매달려 있었다. 홍성우는 더 이상 달려가지 못하고 화살을 뽑아 편지를 풀었다. 그리고 달빛에 비추어 보았다.

뜻밖에도 편지의 첫 머리에는 자신의 이름이 쓰여 있었다. 홍성우는 재빨리 편지를 읽어 내려갔다.

편지를 다 읽은 홍성우는 주먹을 꽉 쥐더니 종이를 잘 접어 가슴 속 깊이 넣었다. 뒤늦게 담장 위를 올려다보니 그림자는 사라지고 없었다.

“도대체 어떤 놈이냐?”

홍성우가 다시 방으로 돌아오자 조양범이 소리쳐 물었다. 그의 윗입술이 파르르 떨렸다.

“이미 담장 바깥으로 사라졌습니다.”

“대체 어떤 놈이……. 저걸 풀어 보아라!”

홍성우는 재빨리 화살 끝에 매달린 종이를 풀었다. 뜻밖에도 언문으로 쓴 글이 적혀 있었다. 홍성우는 그 종이를 조양범에게 건네주었다.

조양범은 부르르 떨며 글을 읽어 내려갔다. 나중에는 이를 부득부득 갈더니 종이를 구겨 버렸다.

그러나 홍성우는 왜 그러는지 묻지 않았다. 방금 전, 자신에게 전해진 편지의 내용들이 머릿속에서 맴돌고 있었기 때문이었다. 특히 마지막의 한 구절.

……나는 자네에게 명나라에 간섭받지 않는 당당한 조선의 미래를 약속하겠네.

쏜 부어 씬이 탁자 밑에서 머리만 빼꼼히 내밀고 눈치를 보고 있었다.

왕도 사초를 볼 수 없었다

사초란 역사를 기록하는 데 기초가 되는 자료를 말한다. 사관은 나라 안팎에서 있었던 일, 임금과 신하가 모여서 논한 이야기 등을 빠짐없이 기록했다가 달마다 1~2권으로 묶어 왕에게는 보고만 하고 춘추관에 그대로 보관한다. 이후 왕이 승하하면 이것이 실록을 쓰는 기본적인 자료가 된다. 그 때문에 사초는 왕조차 열람할 수 없도록 법으로 금지하였다. 최대한 공정성과 객관성을 확보하기 위한 노력이었다.

뜻글자와 소리글자의 장점 대결!

안빈세

안 ››› 노빈손, 표의문자와 표음문자가 무엇인지 알고 있느뇨?

노 ››› 어… 표의문자는 글자 하나가 뜻을 나타내지만, 표음문자는 글자 하나가 음(소리)을 나타내는 것으로 알고 있습니다. 한자가 대표적인 표의문자이고, 표음문자로는 한글이나 알파벳 등이 있는 것으로 아는데요.

안 ››› 옳거니! 가령 '불'이라고 쓰면 'ㅂ' 'ㅜ' 'ㄹ'의 소리를 이어 그대로 읽을 수 있지만, '火'라고 쓰면 뜻인 '불'과 음인 '화'를 따로 외어야 하지.

노빈손

노 ››› 헤헤, 정말 한글이 편하기는 편하군요! 한글이 없었다면 저 산더미 같은 한자를 다 외어야 했다고 생각하니……. 어휴, 생각만 해도 소름이 끼쳐요.

안 ››› 이런, 모자란 녀석! 어찌하여 그리 쉽게 표음문자가 더 낫다고 단정을 짓느냐.

노 ››› 예? 한자에 한글보다 더 나은 점도 있다는 말씀이신가요?

안 ››› 당연하지. 정말로 한자가 불편하기만 하고 장점이 전혀 없는 문자였다면 저렇게 많은 사람들이 몇천 년 동안 줄곧 한자를 애용해 왔을 리가 없지 않느냐. 표의문자에도 나름의 장점이 있다.

노 ››› 예를 들면 어떤 건데요?

안 ››› 우선, 한자권 문명을 가진 나라들은 언어가 달라도 문자끼리 의사소통을 할 수가 있지.

노 ››› 아… 그렇네요. 한자는 글자 자체가 뜻을 갖고 있으니까요. 중국이나 일본 사람들은 한자로 글을 쓰면 대충 말뜻을 전할 수 있지만, 유럽이나 미국 사람들은 같은 알파벳을 쓴다 해도 말이 다르면 전혀 대화를 나눌 수 없지요.

안 ››› 그렇다. 독해 속도도 표의문자를 사용하면 훨씬 빠르니라. '일거양득' 이라는 한 마디를 듣는 것과, '한 가지 일로써 두 가지 이득을 얻는다' 라는 문장을 읽는 것을 비교해 보면 앞의 경우가 훨씬 짧고 신속함을 알 수 있지.

또한 한자를 일일이 외어야 하기 때문에 처음에는 습득 속
도가 느리지만, 어려운 단어를 쉽게 익힐 수 있다는 장점도
있다. 새로운 단어라도 표의문자를 통해 뜻을 유추할 수 있
기 때문이지.

가령 '진폐증'이라는 어려운 단어를 처음 접했다고 치자.
중국을 비롯한 한자권 사람들은 '塵肺症'이라는 한자를 보
고 '폐에 먼지가 쌓이는 병'이라고 뜻을 추측할 수가 있다.
하지만 같은 단어를 영어로 표기하면 'pneumoconiosis'가 되
는데, 처음 이 단어를 접하는 사람들은 이게 무슨 뜻인지 알
도리가 없을 뿐만 아니라, 같은 알파벳 문화권이라도 국가
마다 단어가 틀려서 의사소통이 불가능하지.

노 〉〉〉 우아, 그건 생각지 못했네요. 그럼 표음문자의 장점은 뭐가
있지요?

안 〉〉〉 껄껄, 항상 사용하고 있으니 잘 알 것이 아니냐. 어디 말해
보거라.

노 〉〉〉 우선 컴퓨터나 휴대 전화에 문자를 입력하거나, 손으로 글
을 쓸 때 획이 많지 않아서 빠르고 합리적이죠. 자음과 모음
을 조합해서 수많은 글자를 만들어내니까요. 그래서 일일이
외우지 않아도 되니까 금방 익힐 수 있지요.

안 〉〉〉 바로 그렇지. 소리 나는 대로 받아쓸 수 있다는 점, 금방 익
힐 수 있다는 점, 외울 것이 많지 않아 효율적이라는 점이
표음문자의 최대 장점이니라.

노 >>> 그러게요. 전 역시 한글이 제일 좋아요. 제 머리로는 저 많은 한자를 다 외워 쓸 자신이 없다구요, 우아~!

안 >>> 허허, 그렇구나. 한글이 없던 시절에는 한자에 이두와 향찰을 붙여서 사용하기도 했지.

노 >>> 예? 그게 뭔데요?

안 >>> 모르고 있었단 말이냐? 이런이런. 내 자세히 설명해 주마.

안빈세의 향찰과 이두 강의

한글이 생기기 전, 한자를 한국어에 맞게 쓰고 읽기 위한 보조 글자가 존재했느니라. 바로 향찰과 이두지. 삼국 시대 사람들도 한자의 불편함을 되도록 줄여 보고자 노력했던 것이다. 하지만 새로운 글자를 만드는 건 힘들었고, 대신 그때까지 쓰고 있던 한자를 우리 식대로 사용하려 한 거지.

그럼 먼저 향찰을 한번 볼까?

향찰은 한자를 우리말 식으로 쓰되, 핵심을 나타내는 부분은 한자의 뜻을 그대로 쓰고, 조사와 어미 부분에만 한자의 소리를 빌려오는 식이었다. 즉, 우리말의 '~을'에 해당하는 부분에 한자 중 '乙(을)'을 넣고, 그냥 '을'이라고 소리대로 읽는 거지.

특히 향찰은 향가를 적을 때 주로 썼단다. 향가는 신라 시대에 백성들 사이에서 불리던 우리나라 고유의 시가로, 가장 잘 알려진 것이 「서동요」와 「헌화가」와 같은 노래들이야.

가장 유명한 향가 중 하나인 「서동요」를 예로 들어 볼까?

「서동요」가 담고 있는 가사의 뜻은 대략 이러하다.

선화공주님은 남몰래 결혼하고

맛둥서방을 밤에 몰래 안고 가요.

이러한 뜻의 가사를, 한글 없이, 뜻도 통하고 되도록 말하는 소리
에 가깝게 적으려면 어떻게 해야 할까?

신라 사람들은 이럴 때 향찰을 사용했던 것이다.

글	善	化	公	主	主	隱
뜻	착할	될	귀인	님	님	숨을
소리	선	화	공	주	주	은

글	他	密	只	嫁	良	置	古
뜻	남	그윽할 (몰래)	다만	얼 (시집갈)	좋을	둘	옛
소리	타	밀	지	가	양	치	고

글	薯	童	房	乙
뜻	마	아이	방	새
소리	서	동	방	을

글	夜	矣	卯	乙	抱	遣	去	如
뜻	밤	어조사	토끼	새	안을(안다)	보내다	갈	같다
소리	야	의	묘	을	포	견	거	여

　　그리고 이두 역시 한자를 우리말의 방식에 맞게 음과 뜻을 빌려온 보조문자니라. 신라 시대에 설총이 만든 것으로 알려지는데, 한자를 우리말의 어순에 맞도록 주어-목적어-동사 순으로 고쳐서 사용하지. 원래 중국어는 주어-동사-목적어 순이거든.

예를 들어 볼까?

南山新成作節 如法以作 (남산신성작절 여법이작)

해석하면 '남산신성을 지을 때 법을 따라 지었다' 라는 뜻이다. 그런데 '南山新成作節' 이라는 문장은 중국식 순서가 아니야. 원래대로라면 '作南山新成' 이라고 해야 맞지. 즉 위 글은 한자를 우리말 순서대로 배열하여 읽기 쉽게 만든 것이란다.

이러한 향찰과 이두는 고려 시대까지 계속 사용되면서 한문 사용에 도움을 주었지.

4장
으아!
무슨 화살이 열 추적
미사일이니?

낙천정에 모이다

……전하! 소장, 왜나라의 대마도를 정벌하고 돌아오겠습니다. 갑옷에 무장한 이종무 장군이 태종대왕 앞에 나서서 고개를 숙인다. 왕은 칼을 하사하며 격려한다. 장군, 승전을 기다리겠소. 부디 조선의 위용을 보이고 돌아오시오. 염려 마시옵소서. 저 강을 바라보시옵소서. 강을 가득 메운 전함들이 모두 전하의 군사들이옵니다. 저들이 대왕 전하께 승리의 기쁨을 안겨 드릴 것이옵니다. 왕이 강 위를 바라본다. 과연 조선 수군의 배가 강을 가득 메우고 있다. 전함마다 함성 소리가 들린다. 그리고 얼마 후, 이종무 장군은 해협을 건너 대마도를 휩쓸고 대마도주가 장군 앞에 무릎을 꿇는다. 가슴이 뻐근하다…….

그리고 태종대왕과 세종대왕은 바로 이곳, 낙천정에서 돌아오는 그들을 맞았다.

노빈손은 강을 내려다보며 주먹을 꽉 쥐었다. 윤휘에게 들은 이야기가 머릿속에서 드라마의 한 장면처럼 스쳐 지나갔다. 아마 그랬을 것이라고 노빈손은 생각했다.

"이놈아, 뭘 그렇게 흐뭇하게 바라봐?"

"생각해 보세요. 저 넓은 강 위에 조선 병사들의 배가 가득하고 함성이 강을 메웠을 걸 생각하니, 가슴이 뿌듯해요."

"보지도 않았으면서 네가 뭘 안다고……."

윤휘가 공연히 타박했다.

"안 봤다고 몰라요? 생각만 해도 두근거리는데요."

"허허, 그건 맞다. 꼭 보아야 아는 건 아니지. 그런 이야기를 듣는 것만으로도 가슴이 뿌듯하다면 조선 사람이 틀림없구나."

안빈세였다. 굵은 목소리 한마디에 윤휘는 꼬리를 내렸다. 역시 카리스마!

"거 봐요. 난 야인 아니에요."

"알았다, 이놈아! 그 눈두덩이나 좀 가려라. 보기 흉하다."

"왜 이러세요. 이거 아니었으면 어젯밤에 형님이나 나나 다 죽었을 거예요."

"그나저나 그 눈은 어찌 된 게냐?"

노빈손이 윤휘와 티격태격하자 안빈세가 나섰다. 윤휘가 대답했다.

"대감, 폐서가까지 들어갔었지만 『훈민정음』을 찾지 못하였습니다. 죄송합니다."

그러고는 구구절절 귀신 소동에 대해 설명했다. 안빈세는 심각하게 윤휘의 말을 듣다가 피식 웃었다.

"죄송할 거 없다. 그럴 줄 알고 마지막 승부수를 던져 놓았다. 일단 기다려 보자. 매향이도 곧 올 텐데……."

"아, 참! 매향이는 어찌 되었습니까?"

이종무 장군의 대마도 정벌

1418년 대마도에 몰아닥친 기근으로 왜구의 일부가 명나라로 향하다가 조선의 해주 등지를 약탈하는 사건이 벌어진다. 이에 세종은 왜구의 약탈이 대마도주가 꾸민 짓이라 판단하고 이종무 장군을 삼군도제찰사로 임명하여 대마도 정벌을 명령한다. 이종무는 병선 227척과 병사 1만 7천 명을 데리고 대마도로 출병하였다. 비록 섬 전체를 토벌하지는 못했지만, 대마도의 왜구에 큰 피해를 입혔다. 이후 대마도주는 꾸준히 조선에 조공을 바쳤다.

잊고 있었다는 듯 윤휘가 물었다.

"너희들이 진독청으로 간 뒤, 얼마 후에 돌아왔다. 아니길 바랐는데, 조양범이……."

안빈세는 말을 흐리고 강을 내려다보았다. 뒷모습이 쓸쓸했다.

"그나저나 낙천정은 여기 어디 있어요?"

노빈손은 두리번거리며 물었다. 그러자 윤휘가 턱짓으로 한쪽을 가리켰다. 허름한 건물이 오도카니 서 있었다.

"저거예요?"

"그래. 그 아름답던 낙천정이 양잠실이 되었구나. 사방으로 훤히 트였던 저 낙천정이……."

"어쩌다 그리 되었습니까?"

"글쎄. 어느 날부터 마을 사람들이 주위에 뽕나무를 심더니 이곳에 잠실이 생겼구나. 백성들이 잘 살아 보자고 하는 일이라, 외면할 수가 없어서 양잠실로 쓰라 하였다."

그때, 마을로 내려가는 길섶에서 누군가 툭 튀어나왔다. 노빈손이 깜짝 놀라 몸을 움츠리는데 매향이었다.

매향은 재빨리 안빈세 앞으로 다가가 고개를 숙였다.

"고생하였다. 그래, 어찌 되었느냐?"

"여기……. 조양범의 집에서 찾아온 것입

왜 언문(諺文)이라 불렀을까?

'언(諺)'은 상말, 곧 보통의 말을 뜻한다. 그러므로 언문은 '흔히 보통 사람들이 쓰는 말(諺)을 기록하는 글자(文)'라는 뜻이다. 사실 당시의 개념으로 중국어(한자)를 제외한 주변국의 말은 그저 하찮은 말에 불과했다. 그러므로 언문이란 한자를 쓰는 지배 계층이 아닌, 보통 백성들의 글자라는 뜻을 갖고 있다.

니다.”

안빈세가 묻자 매향이 품속에서 무언가를 꺼내 주었다. 서너 번 접은 종이 뭉치였다. 글씨가 쓰인 종이와 빈 종이가 섞여 있는 듯했다. 안빈세는 그것을 받아들더니 하나씩 유심히 살펴보았다. 손으로 더듬기도 하고 귀퉁이를 찢어 입으로 잘근잘근 씹어 보기도 했다.

한참을 그러던 안빈세는 고개를 끄덕이며 종이를 소맷자락에 넣었다. 그러고는 매향에게 다시 물었다.

“편지는 잘 전달하였느냐?”

“염려 마십시오. 화살에 매어 쏴 보냈습니다. 한 발은 조양범과 쑨부어 씬이 함께 있는 방에 쏘았고, 한 발은 홍성우가 혼자 볼 수 있게 그에게 직접 쏘았습니다.”

“됐다. 이제는 기다리는 일만 남았구나. 휴! 이런 방법밖에는 없단 말인가.”

안빈세는 길게 한숨을 내쉬었다.

노빈손과 윤휘는 그저 지켜볼 뿐이었다. 안빈세가 무슨 일을 벌이려고 하는지 알 수가 없었다.

마지막 승부

“대, 대감! 저들이 혹시……”

윤휘가 마을로 내려가는 언덕 아래쪽을 가리키며 말했다. 노빈손도 그의 손끝을 따라 아래쪽을 내려다보았다.

"대감, 조양범입니다. 무사들이 따르고 있습니다. 아무래도 피하시는 게 좋을 듯합니다."

무사들은 포졸의 복장을 하고 있었지만, 발걸음이 날렵했다. 그런데 웬일인지 조양범을 그림자처럼 따르던 홍성우가 보이지 않았다.

"겁먹지 말거라. 내가 불렀느니라."

그렇게 말하고 안빈세는 조양범 일행이 다가오기를 기다렸다가 말했다.

"이제 오는가? 기다리고 있었네."

안빈세의 말에 조양범은 고개만 조금 숙여 보였다. 안빈세는 고개를 끄덕이고는 곧 절벽 끝에 섰다. 발아래 펼쳐진 강을 굽어보던 그는 다시 낙천정을 쳐다보며 입을 열었다.

"여긴 오래전에 낙천정이라 불렀던 곳이네. 나의 외조부이신 세종대왕께서 친히 지으라 이르셨고, 태종대왕께서 머물며 만년을 보내셨지. 왕께서는 이곳에서 왜나라를 정벌하러 떠나는 이종무 장군을 사열하셨네."

낮고 점잖은 목소리. 그러나 상대를 강하게 제압하는 목소리였다.

"그게 어쨌다는 것입니까?"

조양범이 퉁명스럽게 대꾸했다. 불손한 어투였다. 하지만 안빈세는 개의치 않았다.

"어느 날에는 어머니께서 나를 이곳에 불러 세우고 이런 말씀을 하셨다네. 비록 조선은 작은 나라이나, 명나라보다 국운이 오래갈 것이라고 말이야."

"대감, 어찌 그런 말을 함부로 입에 담으십니까? 조선의 신하는
곧 명나라 황제의 신하입니다."

조양범이 목소리를 높였다. 목의 핏줄이 도드라지고 윗입술이 실
룩거리며 떨렸다.

"그런 소리 하지 말게. 조선은 조선이고 명나라는 명나라일 뿐이
야. 말도 다르고 풍습도 다르네. 그리고 이제는 우리에게도 우리의
문자가 있네."

"대감!"

"소리 높일 것 없네. 내가 자네를 왜 여기로 불렀는지 아는가?"

"난 모릅니다. 다만 대감께서 나라에서 금지한 언문 서적을 가지
고 계시는 데다 또한 언문까지 퍼트린다는 제보가 있어 모셔 가려고
왔을 뿐입니다."

"하하하! 나를 모셔 간다? 자네는 진독청
학사 아닌가? 언제부터 진독청이 의금부에서
나 하는 일을 대신하게 되었는가?"

"저는 다만……. 언문과 관련하여 의금부
일을 돕고 있을 뿐입니다."

당황하던 조양범은 그럴듯하게 둘러댔다.

"그래서 둘이 조용히 보자는데 병졸들까지
대동하고 왔는가? 왜? 내가 자네를 해치기라
도 할 것 같아서? 하하하하!"

명나라는 중화사상(中華思想)이
라고 하여 자신들의 나라가 세계
의 중심이며 가장 뛰어난 문명을
가지고 있다는 생각을 품고 있었
다. 이에 조선의 선비들은 조선
을 '소중화(小中華)'라 부르며 작
은 중국으로 여겼다. 따라서 중
국을 상국으로 받들고 그들의 문
화를 숭상했다. 이런 생각은 명
나라가 멸망한 뒤에도 계속되어
조선의 조정에서 명나라 황제의
제사를 올리기도 했다.

“그건…….”

“이보시게, 직제학! 투서며 괘서도 대부분이 자네와 대명회가 꾸민 일임을 알고 있네. 주상 전하를 부추겨 언문을 금지시키고, 훈민정음과 언문 서적을 불태운 배후에 자네가 있음을 모르지 않네.”

“뭐, 뭐요? 무슨 근거로 그런 말을 하는 것입니까? 난 모르는 일입니다.”

얼굴이 붉어진 조양범은 손을 내저었다.

“하하하! 이보게, 직제학! 이제 궐을 드나드는 벼슬아치들 중에서 언문을 자유자재로 쓸 수 있는 사람이 누가 남았는가? 진독청 학사들은 모두 자네가 잡아넣었고, 언문을 조금이라도 아는 궁녀들까지 붙잡아 갔다지? 그렇다면 이제 딱 둘이 남았네. 그게 누구인지 아는가?”

“무슨 소리를 하시는 겁니까?”

“그 한 사람은 나일세. 그래서 자네가 나를 없애지 못해 안달을 하는 것이겠지.”

“으음!”

“또 한 사람은 누구일까? 그자는 오히려 나보다 언문을 더 잘 다루는지도 모르겠네. 아마 그럴걸세.”

“그게 누구요?”

“바로 자네일세. 내가 보낸 언문 편지를 읽고 예까지 왔다는 것만 보아도, 자네가 얼마나 언문에 능통한지 알고도 남는 일이 아니겠는가?”

　조양범의 얼굴이 새파랗게 질렸다. 안빈세는 더욱 차분하고 또렷한 목소리로 말을 이어 나갔다.

　"그런데 참 이상한 일이지 않은가? 이미 보름 전에 주상 전하께서는 일반인들의 도성 출입을 엄격히 금하셨네. 그런데도 궁궐에 투서가 날아들고, 괘서가 곳곳에 붙여진단 말일세. 그렇다면 괘서를 돌린 범인은 궐 안을 자유롭게 드나들며 언문을 아주 잘 쓰는 사람일 터……."

　"대감, 지금 무슨 말을 하고 싶은 게요?"

　"이보게, 직제학! 자네는 글을 쓸 때 백태지를 많이 쓴다지? 닥나무에 이끼를 섞어 만든 종이 말일세."

　안빈세는 매향이 가져온 종이를 펼쳐 보였다.

　"자네 집에서 가져온 종이일세."

　"이, 이걸 어떻게……?"

　조양범은 부르르 떨면서 종이와 안빈세의 얼굴을 번갈아 쳐다보았다.

　안빈세는 곧 말을 이었다.

　"그런데 이것 또한 이상한 일이 아닌가? 백태지는 주로 난을 치는 선비들이 쓰는데, 글만 쓰는 자네가 어찌 백태지를 고집할까? 그건 아마도 잘 찢어지지 않고 질기기 때문이겠지? 그래야 벽에 붙여도 오래도록 잘 붙어 있을 테니까 말이야. 사람을 시켜 알아보았더니

의금부

조선 시대 사법기관 중의 하나이다. 『경국대전』에는 의금부가 하는 일이 '왕명에 따른 죄인 추국(신문)'으로 규정되어 있는데, 특히 태종 이후 왕족의 범죄나 국가 사범, 또는 다른 기관에서 직접 다스리기 어려운 사건을 맡아 처리하는 기관으로 자리 잡았다. 하지만 연산군 때에는 국왕의 사사로운 명령을 실행하는 도구로 전락하였다. 연산군 사후, 다시 원래의 기능을 회복하였다.

투서의 대부분이 백태지더군.”

조양범이 고개를 떨어뜨렸다. 이제 게임은 끝난 것인가? 노빈손은 그럴 것이라 생각했다. 조양범에게는 더 이상 물러설 곳이 없어 보였다.

하지만 아니었다. 조양범은 금방 낯빛을 바꾸었다.

“대감, 역시 총명하셨다는 정의공주 마마의 아드님답습니다. 하지만 너무 많은 것을 알고 계십니다그려! 후후. 여봐라! 이 자들을 베어라!”

조양범의 외침과 함께 무사들이 칼을 빼 들었다. 잘 벼린 수십 개의 칼날이 해를 반사하며 빛났다. 그 칼끝들은 일제히 안빈세와 윤휘, 매향과 노빈손을 향했다.

헉! 노빈손은 숨이 탁 막혔다. 윤휘는 땀을 삐질삐질 흘리며 안빈세를 부축해 뒤로 물러섰다.

매향이 앞에 나섰다. 칼집을 버리고 두 손으로 칼을 쥔 뒤 스무 명 남짓한 무사들과 마주 섰다. 무사들 몇이 일제히 매향을 향해 달려들었다.

챙! 챙!

칼날이 부딪치며 불꽃이 튀었다. 노빈손은 숨을 쉴 수가 없었다.

"후욱! 헉!"

무사 둘이 매향의 칼날에 쓰러졌다. 또 하나는 발길질에 나뒹굴었다.

하지만 중과부적이었다. 앞서 달려온 서넛은 처리했지만, 매향이 혼자서 스무 명이 넘는 무사들을 상대할 수는 없었다. 매향은 점점 뒤로 밀리고 있었다.

더 이상 피할 곳이 없었다. 뒤쪽은 절벽이었다. 까마득한 절벽 아래 파란 강물이 넘실거렸다.

아, 이제 정말 끝이구나. 노빈손은 기운이 쭉 빠졌다.

한지의 종류

한지를 만드는 원료로는 닥나무를 비롯해 뽕나무, 귀리, 짚, 소나무 껍질, 율무, 삼, 갈대 등이 쓰인다. 한지는 원료에 따라 닥나무 종이, 닥나무 껍질에 이끼를 섞어 만든 백태지, 다른 여타 원료와 목화를 섞어 만든 백면지로 나뉜다. 색상에 따라서는 보통 백색의 닥종이로 알려진 운화지(雲花紙), 대나무 껍질처럼 흰 죽청지(竹靑紙), 누런 빛깔의 황지로 나뉜다.

무사 셋이 한꺼번에 매향을 향해 달려들었다.

챙챙! 챙챙챙!

칼과 칼이 부딪는 소리가 요란하게 들렸다. 그러더니 아뿔싸!

"아흑!"

매향이 짧은 비명을 지르며 넘어졌다. 곧 일어나긴 했지만, 왼쪽 어깨에 피가 배어 나왔다. 매향은 이를 악물고 있었으나 칼을 들어 올릴 힘도 없어 보였다.

"매향아! 안 돼!"

노빈손은 반사적으로 뛰어나갔다. 하지만 채 두어 걸음 걷지도 못했는데 시퍼런 칼날이 눈앞에서 번득였다. 그 칼날은 곧 목으로 내려갔다. 잘 벼린 칼날의 날카로운 느낌이 살갗에 느껴졌다. 조금이라도 움직이면 베일 것 같았다. 노빈손은 얼어붙은 듯 멈추고 말았다. 곁눈질로 보니 다른 무사들이 안빈세와 윤휘의 목에도 칼을 겨누고 있었다.

"앙큼한 계집 같으니라구. 칼을 버려라!"

조양범이 외쳤다. 매향은 안빈세를 쳐다보더니 하는 수 없이 칼을 내려놓았다.

끝이구나. 노빈손은 손발을 바들바들 떨었다.

"놈들을 베어라!"

조금의 망설임도 없이 조양범이 외쳤다.

"으아아아아!"

종이의 발견

종이는 중국인이 처음 발명한 것으로 알려져 있다. 후한의 채륜이 나무껍질과 마설(헌 어망), 넝마(비단·마)를 절구에 찧어 종이 만드는 법을 개발하였다. 한때는 채륜이 처음 발명한 것으로 기록되었으나, 최근 채륜의 종이보다 더 오래된 종이가 발견되었다. 실제로 중국인은 그 전부터 풀솜의 찌꺼기를 이용해 만든 종이를 썼다고 한다.

자신도 모르게 비명이 나왔다. 목을 겨누었던 칼날이 위로 치솟았
다가 내려오는 순간에는 아예 눈을 감고 말았다.

그런데 이게 무슨 소리일까?

슈슉! 슈슈슉!

화살이었다. 어디선가 화살이 연이어 날아왔다. 그 화살은 안빈세
와 윤휘, 그리고 노빈손의 목을 겨누고 있던 무사들의 가슴과 목과
허리에 꽂혔다. 졸지에 무사들이 뒤로 나동그라졌다.

"누구냐?"

조양범이 먼저 외쳤고, 무사들은 자세를 낮추었다. 모두들 주위를
두리번거렸다.

잠시 후, 복면을 한 무사가 활을 든 채 숲에서 나타났다. 복면의 무사는 마지막 남은 한 발을 마저 쏘았고, 그 화살은 가장 앞에 서 있던 무사의 옆구리를 꿰뚫었다. 이제 남은 무사의 수는 채 열이 되지 않았다.

"네 이놈! 정체를 밝히지 못할까!"

조양범이 다시 소리를 질렀다. 모두들 놀라고 의아한 표정으로 복면의 무사를 바라볼 뿐이었다. 다만 안빈세만이 뜻 모를 미소를 짓고 있었다.

무사는 다가와 안빈세에게 먼저 머리 숙여 인사를 했다. 안빈세는 고개를 끄덕였다. 무사는 돌아서서 조양범을 향해 서더니 복면을 풀었다.

"너, 너는 홍성우! 네, 이놈, 감히 네가 배반을……."

조양범이 예의 윗입술을 움찔거리며 온몸을 파르르 떨었다. 복면 아래 드러난 얼굴은 뜻밖에도 조양범의 수하인 홍성우였던 것이다. 노빈손도 입을 벌린 채 다물지 못했다. 그때 안빈세가 나섰다.

"배신했다고 생각지 말게. 그자는 옳은 길을 선택한 것일세. 무엇이 이 나라와 조정을 위하는 것인지 잘 알고 있다는 뜻이지. 주상 전하가 아무리 어리석어도 선비 된 자가 제 목적을 이루려고 나라를 팔면 되겠는가?"

조양범은 개의치 않고 다시 홍성우에게 호통을 쳤다.

"배은망덕한 놈, 네놈을 거두어 가르치고 내 수하에 두었더니, 그 은혜를 어찌 원수로 갚는단 말이냐!"

그 말에 비로소 홍성우가 입을 열었다.

"영감, 한낱 상인이었던 제 부모는 국경을 넘다가 이유 없이 명나라 상인들에게 몰매를 맞아 죽었습니다. 저는 그들과 싸우려고 무술을 배웠고, 또한 영감께서 좋은 일을 하신다기에 영감의 수하가 되었습니다. 하지만……."

"시끄럽다! 여봐라! 저놈의 목을 베어라!"

조양범의 외침과 함께 다시 무사들이 움직였다. 하지만 싸움은 방금 전과 달랐다. 홍성우는 달려드는 무사들을 차례로 쓰러뜨렸다. 매향도 기운을 차렸는지 이를 악물고 무사들을 하나씩 쓰러뜨렸다.

아홉, 여덟, 일곱. 무사들은 매향과 홍성우의 상대가 되지 않았다.

"멈추어라!"

조양범의 무사가 서넛쯤 남았을 때, 안빈세가 외쳤다. 매향과 홍성우, 그리고 무사들도 칼을 거두었다.

다시 안빈세가 조양범을 향해 말했다.

"마지막으로 묻겠네. 자넨 훈민정음을 없애면서 홍 저작과 자네의 무리들에게 어떤 미래를 약속했는가?"

"……."

"자네는 굴욕적이고 비겁한 조선의 미래를 약속했을 테지만, 난 명나라에 예속되지 않는, 우리 조선 사람들만의 나라를 약속했네.

유네스코 한글 상

9월 8일은 유네스코가 정한 '세계 문맹 퇴치의 날'이자 세종대왕의 탄신일이다. 유네스코는 해마다 세계 문맹 퇴치에 기여한 개인이나 단체에 상을 준다. 이 상의 이름은 '세종대왕 문해(文解)상'이다. 그것은 유네스코가 '한글은 24개의 단순한 알파벳만으로 거의 무한대에 가까운 소리를 모두 재현해 낼 수 있다'는 펄 벅의 말에 주목했기 때문이다. 실제로 우리나라의 문맹률은 1%도 되지 않는다.

그것은 곧 세종대왕의 뜻이기도 하지.”

안빈세의 말은 무슨 판결처럼 들렸다. 그 목소리는 어수선하던 주위의 기운을 일시에 가라앉혔다. 노빈손은 안빈세의 끝말에 가슴이 뭉클했다.

과연 무슨 생각을 한 것일까? 조양범은 뒤를 돌아 무사들에게 외쳤다.

“여, 여봐라! 칼을 거두어라!”

무사들이 칼을 거두고 물러났다. 매향과 홍성우도 칼을 거두었다.

안빈세가 단호한 목소리로 말했다.

“자네도 무사하고 싶다면『훈민정음』을 가져오게. 그 많은『훈민정음』을 모두 훔쳐내서 다 불사른 건 아닐 테지?”

“이미 늦었습니다.”

“뭣이?”

“꼭 하나가 남았습니다만, 그것은 이미 명나라 비밀 사신의 손에…… . 그들은 곧 명나라로 돌아갈 것입니다.”

“아뿔싸!”

안빈세는 무릎을 쳤다.

훈민정음은 어디에 있을까

낙천정, 아니 양잠실로 들어섰다. 노빈손의 눈으로는 낙천정이었을 때의 흔적 같은 것을 발견할 수가 없었다.

강 쪽으로 넓은 창을 내고 다른 쪽은 모두 벽을 쌓아 막아 놓았으니 정자였다는 느낌이 나지 않았다. 실내의 모서리가 4개, 그 모서리마다 굵은 기둥이 세워져 있고, 여느 집에 비해 천장이 높았다. 천장 모서리를 빙 돌아가며 환기창이 나 있었다. 노빈손은 스케치하듯 실내를 휘돌아보았다.

창고나 다름없었다. 한쪽에는 뽕잎을 담아 놓은 자루가 수십여 개 쌓여 있었고, 창 쪽에는 씨아와 물레 같은 기구들이 놓여 있었다.

"엄마야!"

여기저기를 둘러보던 노빈손은 깜짝 놀랐다. 한쪽 벽면에 4단으로 선반을 짜 놓았는데, 그 위에 놓인 넓은 바구니들 안에서 누에들이 드문드문 뽕잎을 갉아 먹고 있었던 것이다.

"가을에도 양잠을 하나요?"

"간혹 가을까지도 살아 있는 누에들이 있지."

안빈세가 쳐다보지도 않고 대답했다. 노빈손은 고개를 끄덕였다.

'한글'은 무슨 뜻?

우리의 글자에 '한글'이라는 이름을 붙인 사람은 학자 주시경이다. 그는 한글 맞춤법을 확립하는 등 한글 운동에 앞장섰다. 한글의 '한'은 '크다' 또는 '하나'라는 뜻을 가지고 있다. 그래서 한글은 '크고 위대하며 하나밖에 없는 글자'라는 뜻을 가진다.

얼핏 돌아보니, 윤휘는 아버지와 할아버지의 손때가 묻어 있다는 생각 때문인지 기둥 하나를 들여다보는 데에도 시간이 꽤 걸렸다. 매향은 강 쪽으로 난 창 앞의 물레와 씨아를 만지작거렸다.

그렇게 누구도 입을 열지 않고 시간이 꽤 지났다.

노빈손은 안빈세를 쳐다보았다. 안빈세는 뒷짐을 진 채 강 쪽의 넓은 창을 바라보고 있었다. 어깨가 축 늘어져 있었다. 윤휘가 안빈세에게 다가갔다.

"대감, 이제 어찌하실 생각이십니까?"

"조양범 말이냐? 의금부에서 처리하도록 할 것이니, 염려 말거라. 그러면 억울하게 옥에 갇힌 사람들도 풀려나올 것이고, 또한……."

"제 말씀은 그게 아니옵고, 『훈민정음』 말입니다."

안빈세의 말이 다 끝나기 전에 윤휘가 말을 막았다. 일부러 『훈민정음』 이야기를 피하는 것 같아서였다.

과연 그랬다.

"방법이 없구나. 이제 다 끝난 게 아니겠느냐?"

안빈세는 깊은 한숨을 내쉬며 대꾸했다.

다시 말이 없었다. 두 사람의 표정이 허탈해 보였다. 노빈손도 공연히 머리를 숙였다.

매향이 안빈세에게 다가갔다.

"대감마님, 아직은 끝난 게 아닙니다. 저에게 좋은 생각이……."

매향의 목소리가 들려왔다. 그러나 고개를 숙인 노빈손의 귓속에는 그 뒷말이 들어오지 않았다. 무심코 자신의 셔츠에 새겨진 글귀를 읽고 있었던 탓이다.

'선왕께서 납시어 승전을 축하하였더니, 세월이 수상하여 지금은 네 번 잠자고 일어나면 또 한 꺼풀을 벗는 짐승의 집이 되었더라!'

두 번쯤 반복해서 읽었나? 아니면 세 번? 바로 그 순간, 노빈손의 머릿속에 스치는 생각이 있었다. 그 생각은 마치 캄캄한 방 안에 갑자기 전깃불을 켠 것처럼 머릿속을 일순간 환하게 밝혔다.

"아!"

노빈손은 자신도 모르게 탄성을 질렀다. 온몸이 근질거리면서 갑자기 피가 빠르게 순환하는 기분이었다. 노빈손은 세 사람을 향해 외쳤다.

"여, 여기예요."

모두 노빈손을 쳐다보았다. 무슨 말을 하는 거냐는 표정이었다. 노빈손은 한 번 더 외쳤다.

"여기라구요!"

"야, 머리랑 꼬리는 뚝 자르고 무슨 소리를 하는 거야?"

매향이가 소리쳐 물었다. 그래서 노빈손은 분명한 목소리로 말했다.

"『훈민정음』이 여기에 있다구요."

"무슨 소리를 하는 게냐?"

이번에는 안빈세가 무거운 목소리로 물었다. 노빈손은 얼른 옷을 걷어서 할머니가 준

옛 필기도구, 각필

각필(角筆)은 옛 필기도구의 하나이다. 상아 혹은 대나무, 쇠 등을 뾰족하게 깎아서 연필처럼 쓴다. 하지만 잉크나 먹을 묻히는 것이 아니라 눌러서 오목한 흔적을 남기는 것이다. 그러므로 오래된 문서는 글자를 쉽사리 확인할 수가 없다. 우리나라에서는 일본의 요시노리 교수가 고안한 각필 스코프(반사 렌즈와 자외선을 이용한 특수 기구)라는 도구에 의해 여러 각필 문서가 읽혀졌다.

티셔츠를 사람들 앞으로 내밀었다.

"여기에, '선왕께서 납시어 승전을 축하하였더니, 세월이 수상하여 지금은 네 번 잠자고 일어나면 또 한 꺼풀을 벗는 짐승의 집이 되었더라!' 여기 이렇게 써 있잖아요."

"이놈아, 그건 정의공주님의 편지에도 있는 말 아니더냐?"

"그러니까요. 『훈민정음』을 이곳에 가서 찾으라 하셨잖아요. 그곳이 바로 여기라구요."

"여기? 낙천정 말이냐?"

안빈세가 나섰다.

"네, 선왕께서 납시어서 승리를 축하하였던 곳이 바로 이곳이잖아요. 그리고 네 번 잠자고 일어나면 또 한 꺼풀 벗는 짐승이 바로 누에란 말이에요. 세월이 지나 누에의 집이 된 양잠실, 바로 이곳 낙천정이라구요."

"아……."

모두들 입을 벌렸다. 안빈세의 얼굴이 환해졌다.

"아아, 맞구나! 내가 왜 진작 그 생각을 하지 못했을까."

안빈세는 온몸을 부르르 떨었다. 노빈손도 온몸이 짜릿해지는 기분이 들었다.

"어머니께서 이런 때를 대비해서 이곳에 숨겨 두신 게 틀림없어."

그러나 일제히 양잠실 안을 돌아본 순간, 맥이 탁 풀렸다. 어디를 찾아야 할지 몰라서였다. 양잠실 안에는 실 잣는 기계 몇 대와 뽕잎 자루, 그리고 누에가 담긴 바구니와 그것들이 놓여 있는 선반이 전부였다. 그걸 빼고 보면 휑했다. 무슨 물건이 숨겨져 있을 만한 벽장 같은 것조차 없었다.

당황스러웠다. 정작 말을 꺼낸 노빈손도 무얼 해야 할지 몰랐다. 안빈세도 움찔하다가 멈추었고, 윤휘와 매향도 마찬가지였다.

"일단 어디든 찾아보자."

안빈세는 성큼성큼 걸어가 뽕잎이 담긴 자루부터 뒤졌다. 자루마다 뽕잎을 쏟아내고 그

흥청망청의 기원

연산군이 놀이를 위해 전국에서 불러들인 여인들은 저마다 급이 달랐다. 이들을 운평, 계평, 채홍 등의 이름으로 불렀는데, 특히 그중 미모가 출중한 여인들을 따로 흥청이라고 했다. 그 뜻은 사악하고 더러운 것을 깨끗이 씻으라는 의미였다. 이들은 왕(연산군)이 바깥으로 나들이 갈 때마다 따랐는데, 많을 때는 그 수가 1천 명이 넘었다. 백성들은 이런 모습을 보고 왕을 비난하며 '흥청망청'이란 말을 만들어냈다.

속을 들여다보았다. 허나 그 속에서는 아무것도 나오지 않았다.

윤휘와 노빈손은 누에 바구니가 담긴 선반을 칸칸마다 뒤졌다. 매향이도 아픈 팔을 부여잡고 구석구석을 뒤졌다. 하지만 아무것도 발견할 수가 없었다.

안빈세는 답답했는지, 나중에는 마루까지 뜯어 보았다. 맨손으로 바닥을 파헤치기도 했다.

"대감, 어찌 손수 이런 일을……."

윤휘가 달려들어 말렸다. 그러나 안빈세는 윤휘를 뿌리쳤다.

"아니다. 상관 말거라."

하지만 『훈민정음』은 보이지 않았다. 한참 동안 바닥을 파헤치던 안빈세는 그 자리에 주저앉고 말았다.

이제는 더 이상 찾아볼 만한 곳도 없었다.

바깥으로 나가 낙천정, 아니 양잠실 주위를 돌아보았지만, 『훈민정음』은 나오지 않았다.

제3의 권력

밤이 깊어졌다. 흐린 불빛 때문인지 모두의 얼굴은 하나같이 어두워 보였다.

"아닌가 보구나. 우리가 잘못 짚었는지도 모르지."

안빈세가 낙심한 듯 말했다. 실망한 표정이 역력했다. 슬쩍 안빈세의 손을 보니 피가 맺혀 있었다. 아침까지 티끌 하나 없이 깨끗하던 저고리가 뽕잎과 흙먼지로 얼룩져 후줄근했다. 노빈손은 고개를들 수가 없었다.

매향이가 매서운 눈으로 노빈손을 쳐다보았다.

'헉! 아니야, 난 그저……'

뭐라 변명을 해야겠는데, 목소리는 목구멍 안에서만 놀았다.

"대감, 밤이 깊었는데 댁으로 돌아가셔야 하지 않겠습니까? 이렇게 험한 곳에서 주무시다 몸이 상할까 두렵습니다."

윤휘가 조심스럽게 말했다. 그러자 안빈세가 고개를 저었다.

"아니다. 무슨 낯으로 편히 잠을 자겠느냐? 날이 밝으면 이 주위를 이 잡듯이 뒤져서라도 찾아내고 말 게다. 내 한 몸 상하는 것쯤은 두렵지 않느니라."

"대감, 아무리 그 책이 소중하다 한들, 어찌 대감의 옥체에 비하겠습니까? 그렇게까지 할 필요가……"

윤휘는 아마 안빈세가 안쓰러워서 그런 말을 꺼냈으리라. 그러나 그 말을 들은 안빈세의 눈에서 무섭게 빛이 났다. 윤휘는 움찔하면서 말끝을 흐렸다. 그러곤 예의 땀을 흘렸다. 어휴! 진작 손수건을 매달아 주는 건데.

안빈세가 윤휘에게 물었다.

"자네는 세종대왕께서 새로이 만든 글자가

창제자가 밝혀진 글자

한글은 창제자가 밝혀진 글자로도 유명하다. 한글 외에 창제자가 밝혀진 글자로는 요나라 태조 야율아보기가 한자를 보고 만든 거란대자, 그의 아우가 위구르인들에게 배워 와 다시 만든 거란소자, 금나라 태조 때 완안희윤에게 명해 만든 여진대자, 희종이 만든 여진소자, 원나라 세조 쿠빌라이가 승려 파스파에게 명해 만든 파스파 문자, 수코타이 왕국(지금의 태국)의 3대 임금이 만든 타이 문자 등이 있다.

왜 하필 28개인지 알고 있나?"

"그건……. 그런데 왜 하필 28자이지요?"

더듬거리다가 자신이 없었던지 윤휘는 오히려 안빈세에게 물었다.

노빈손이 나서서 말했다.

"새 글자가 꼭 28자가 된 건 다름 아닌 천문을 본뜨고 있기 때문입니다."

안빈세가 놀란 표정으로 노빈손을 향해 고개를 돌렸다. 그러곤 노빈손에게 지긋한 눈길을 보냈다. 계속해 보라는 뜻인 것 같았다. 노빈손은 말을 이었다.

"우리나라를 비롯한 동양에는 여러 가지의 천문도가 있습니다. 그중 '28수 천문방각도'라는 천문도가 있습니다. 이것은 천구를 동·서·남·북으로 나누고 각 방위에 각각 7개의 별자리를 배치하여 모두 28개의 별자리로 나눈 천문도이지요. 마찬가지로 세종대왕께서는 새 글자 28자를 이와 같이, 마치 별자리를 나누듯 배치하셨습니다."

조선 시대 투로 점잖게 말을 하려니 속이 간질간질했다.

"허허, 자네 아우가 언문에 대해서 꽤 아는 바가 많군. 맞다네. 나의 어머니께서도 훈민정음의 창제 원리가 천문의 이치를 따르고 있다고 말씀하신 적이 있네. 결국 따지고 보면, 새 글자가 28자가 된 것은 결코 우연이 아닐세."

"그런 뜻이……."

잠시 숨을 고른 뒤, 안빈세가 다시 윤휘에게 물었다.

"자네는 세종대왕께서 왜 새로운 글자를 만들려고 했다고 생각하나?"

"그야 한자의 표준음이 필요했고, 표준음을 정리하면 통일된 발음으로 한자를 읽을 수 있으니, 한자 책을 보다 널리 퍼트릴 수 있겠지요. 말하자면 조선의 통치 이상인 유교 사상을 널리 퍼트릴 수 있다고 믿으신 거 아니겠습니까."

윤휘는 땀을 흘리면서도 이번만큼은 자신 있다는 듯 또렷하게 대답했다.

"말하자면 보다 원활한 통치를 위해서 훈민정음이 필요했다, 이 말이군. 또……?"

"또요? 그것 말고 훈민정음을 창제하신 다른 이유가 있단 말씀입니까?"

"그래. 혹 야인 청년, 자네가 알고 있나?"

안빈세가 노빈손을 쳐다보았다. 노빈손은 슬쩍 윤휘의 눈치를 보고 입을 열었다.

"세종대왕께서는 새 문자를 만들어 백성들과 직접 소통하려 하셨습니다. 당신의 뜻을 직접 백성들에게 말하고, 백성들의 뜻을 직접 듣고 싶으셨던 것이지요."

"직접 소통한다? 그건 왜지?"

안빈세는 호기심에 가득한 표정으로 노빈

**천문도와
천상열차분야지도**

천체의 위치와 운행에 관한 내용을 그림으로 나타낸 것을 천문도라고 한다. 조선 초기까지의 천문도는 보통 중국을 중심으로 만들어진 것이 대부분이었다. 그러다 조선 초기 자체적으로 제작한 천문도가 바로 천상열차분야지도(天象列次分野地圖)이다. 하늘의 형상이 28개의 구역으로 나뉘어 차례로 배열되어 있다. 세종은 이것을 돌에 새기게 하였고, 신하들에게 명하여 천문역법에 대한 책을 간행하게 하였다.

손에게 말했다. 그것은 반론이 아니라 뭔가 더 많은 대답을 얻어내려는 되물음 같았다. 노빈손은 거침없이 대답했다.

"세종대왕께서는 그 소통으로 아주 귀중한 것을 얻으려 하셨습니다."

"귀중한 것이라고? 그게 무언가?"

"권력입니다."

"뭣이! 권력이라고? 네 이놈, 무슨 말을 지껄이는 게야?"

윤휘가 호통을 쳤다. 그러나 안빈세가 곧바로 손을 내저었다.

"아닐세, 맞네. 바로 보았네. 다름 아닌 민권이라네."

"민권이면……. 백성들의 힘을 말하는 건가요?"

"그렇다네. 세종대왕께서는 백성들과 직접 소통하고 여론을 만들어 나가려 하신 게야. 신권보다 큰 힘이 바로 민권, 백성들의 힘이니까. 그리하면 신하들은 마땅히 그에 따라야 할 것이고……. 야인 청년, 어떤가? 자네가 말하려던 것이 이것이 아니었나?"

"맞습니다."

노빈손은 고개를 끄덕이며 대답했다.

"그렇다면 반대로, 대명회의 선비들이 악착같이 훈민정음을 없애려는 건 신권을 유지하기 위함입니까?"

"그렇다네. 저희들의 힘을 키워 왕을 마음대로 휘두를 셈이었던 것이지."

"하지만 아무리 그래도 문자가 그렇게 큰일을 한다는 건……."

"불가능할 것이라 생각하나? 그럴지도 모르지. 하긴 사물을 흉내

내 만들어진 한자는 꿈도 꾸지 못할 일이네. 하지만 훈민정음은 가능하다네."

"어떻게 말입니까?"

"잘 들어 보게. 훈민정음의 닿소리 자모에는 5개 기본음이 있다네. 'ㄱ'은 하늘에서 땅으로 기운이 내리뻗치는 모양이고, 'ㄴ'은 땅에서 하늘로 기운이 오르는 형상이며, 'ㅁ'은 하늘과 땅의 기운이 만나 서로 소통하여 새로운 세상을 만드는 모양새라는 거야."

이것 봐라. 무심코 쓰던 한글에 이런 뜻이 숨어 있었다니. 노빈손은 귀를 쫑긋 세웠다.

"그럼 'ㅅ'은요?"

"이렇게 만들어진 세상의 두 기운이 다시 하나로 뭉쳐지는 형상이지."

"그럼, 'ㅇ'은요?"

"그것은 곧 태양이고, 우주이며, 영원을 뜻하지. 우리가 사는 온 세상을 두루 아우르는 형상이기도 해."

"아……."

"이제 이해가 되나? 어머님께서 세종대왕을 도와 만드신 새 글자는 말 그대로 그 생김새마저도 새로운 세상을 열어 가는 모습이라네."

어떤 생각이 노빈손의 머릿속을 스쳤다.

왕권과 신권

조선 시대에는 왕권과 신권의 대립이 끊임없이 반복되었다. 개국 공신이었던 정도전은 재상을 최고 실권자로 하는 합리적인 관료 지배 체제를 꿈꾸었다. 태종은 왕권을 극대화하기 위하여 왕비의 동생들까지 사사시키는 극단적인 방법을 동원한다. 이후 연산군은 두 번에 걸친 사화를 통해 비판적인 신하들을 제거하고 왕권을 틀어쥔다. 하지만 결국 신하들의 반정에 임금 자리를 내주고 물러난다.

"맞아요. 한글, 아니 훈민정음의 모음도 천(天)·지(地)·인(人)의
형상을 본뜬 것이라고 했어요. 말하자면 모음의 기본이 되는 '·'와
'ㅣ'와 'ㅡ'는 각각 하늘과 반듯하게 선 사람과 평평한 땅의 모습이
라구요. 아마 『훈민정음』에도 설명이 나올걸요."

"옳거니! 새 문자로 어머니께서 꿈꾸었던 세상은, 군왕이 홀로 백
성들을 다스리는 나라가 아니라 그들과 희로애락을 같이하며 만들
어 가는 세상이지."

"민주주의로군요. 세종대왕께서는 문자를 통해서 민주주의를 꿈꾸고 계셨던 거예요. 새로운 문자는 미래를 미리 예측하고 있었던 거라구요. 세종대왕은 500년 뒤에야 이루어질 민주주의를 예견하셨어요. 아니, 어쩌면 훈민정음이 우리나라의 민주주의를 가져왔는지도 몰라요. 세상에……."

노빈손은 자신도 모르게 중얼거렸다. 노빈손의 말끝에 안빈세가 무거운 목소리로 물었다.

"이제 왜 내가 『훈민정음』을 찾아야 하는지 알겠는가?"

'네, 이제야 알겠습니다. 새로운 세상, 백성들이 정말로 제 뜻을 펼치며 살아갈 수 있는 새 세상을 위해서지요.'

입 밖으로 내뱉지는 않았지만, 노빈손은 속으로 대신 대답했다. 윤휘도 그러지 않았을까?

정의공주의 수수께끼를 풀다

지금 눈을 뜨고 있는 것인가? 안빈세가 짚더미 속에서 웅크리고 누워 있는 모습이 보이긴 했다. 매향과 윤휘가 기둥에 기댄 채로 잠들어 있는 모습도 눈에 띄었다. 매향은 아까 다친 팔이 아픈지 미간을 찌푸리고 있었다.

한글과 민주주의

조선 시대에 만들어진 훈민정음은 당시 소외받던 계층들이 먼저 익히고 퍼트렸다. 제일 먼저 궁중의 여인들이 익혔고 궐 밖의 부녀자들, 낮은 벼슬아치들, 그리고 백성들이 익혔다. 그렇게 한글이 뿌리내리자 조정에서도 급한 나랏일들을 알리기 위해 방을 붙일 때 점차 한글을 사용하기 시작했다. 미약한 수준이지만 조정은 점차 나랏일을 백성들과 함께하기 시작한 것이다.

그런데 아직 꿈인가 보다. 책의 글자들이 공중에 붕 떠 있었다. 그 것도 아주 가지런히! 그래. 세종대왕께서는 새 글자 28자를 이와 같이, 마치 별자리를 나누듯 배치하셨지. 아, 그래서 글자들이 하늘에 가지런히 놓여 있구나. 자모들을 천구의 동·서·남·북에 배치한 건가? 그런데 천구가 아니라 낙천정 안이네. 하긴, 누워서 낙천정 안을 올려다보니 마치 천구를 둘러보는 것 같기도 하고…….

무슨 초등학생도 아니고, 왜 이런 꿈을 꾸는 걸까? 어어랏! 게다가 한문과 한글이 뒤섞여 있다. 아니, 한글 자모를 한문으로 해석하는 내용 같은데…….『훈민정음』찾으려고 너무 신경을 쓴 모양이다. 헛것이 보이나?

이건 또 무얼까? 얼굴이 간질간질하다. 노빈손은 손을 가져갔다. 뭔가 물컹한 것이 만져졌다.

"까욱!"

유교 사상을 퍼트린다?

세종이 신하 정창손에게 이런 말을 했다. '내가 언문으로 『삼강행실도』를 번역하여 반포하면 어리석은 백성들이 누구나 쉽게 이를 배울 수 있으니 열녀와 효자가 쏟아져 나올 것이다!' 즉 세종은 한글을 통해 유교 사상을 교육시켜 백성들을 교화하고 바른 생각을 갖게 하려 했다.

눈을 크게 뜨고 보니 벌레였다. 누에고치 벌레! 노빈손은 벌레를 획 집어던졌다. 그런데 아뿔싸! 벌레는 하필이면 매향의 머리 위에 떨어졌다.

"헉!"

노빈손은 고개를 돌리고 돌아누웠다. 모른 체할 셈이었다.

그런데 이상한 일이었다. 이제는 잠이 깬 듯한데, 왜 글자는 아직도 공중에 떠 있을까?

178

노빈손은 눈을 비비고 다시 공중의 글자를 쳐다보았다. 아직도 글자가……

이상한 생각이 들어서 노빈손은 일어났다. 그리고 그쪽으로 다가갔다. 눈을 비비고 다시 보았다. 글자가 공중에 떠 있는 것은 아니었지만, 분명히 환기창을 통해 선명한 글자들이 보였다.

ㆆ. 喉音. 如挹字初發聲

ㅎ. 喉音. 如虛字初發聲. 竝書. 如洪字初發聲.

뭐야, 이거. 왜 환기창에 한자가 쓰여 있지? 너무 어려워서 무슨 뜻인지 짐작도 안 가네. 그런데 가만……. 맨 앞에 있는 저 글자는 한자가 아닌데? 'ㅎ'자 아냐?

노빈손이 혼란스러워하는 동안 햇빛이 내려오면서 그 아래의 글자들이 보였다.

ㅿ. 半齒音. 如穰字初發聲.

뭔가를 설명하는 듯 길게 쓰인 한자, 그리고 맨 앞에 선명히 박힌 한글 자모.

이… 이건 설마!

"차, 찾았다! 찾았어. 찾았다구! 으허! 으허허허!"

노빈손은 자신도 모르게 소리를 질렀다. 헛웃음이 나왔다.

"야, 빈손아. 이제 머리도 비었냐? 왜 실실 웃어? 잠 좀 자자!"

매향이가 먼저 눈을 떴다. 매향이 머리 위에 아직도 누에가 기어 다니고 있었다.

뒤미처 윤휘도 노빈손을 나무랐다.

"이놈아, 대감께서 아직 주무신단 말이다. 제발 입 좀 다물거라!"

"형님, 찾았어요. 찾았다구요."

"뭘 찾았다는 게야?"

"『훈민정음』이요. 정의공주님이 숨겨 놓으신 『훈민정음』을 찾았단 말이에요."

"뭣이? 그게 사실이더냐?"

잠들어 있는 줄 알았던 안빈세가 벌떡 일어났다. 세 사람의 시선이 일제히 노빈손에게 향했다.

"이번에는 틀림없겠지? 거짓말하면 가만 안 둘 거야!"

매향이가 칼집을 툭툭 치며 말했다.

"거짓말 아니야! 저길 보라구."

노빈손은 환기창을 가리켰다. 그 환기창에 햇살이 비치고 있었다. 안빈세는 벌떡 일어나 햇살이 들이비치고 있는 환기창 쪽으로 달려갔다.

"이, 이럴 수가……. 어머니!"

안빈세가 낮은 탄성을 질렀다.

환기창은 실내를 빙 돌아가며 천장 쪽으로

한글로 중국어 발음 공부

조선 시대 한자의 발음은 중국에서 나온 운서를 기준으로 했다. 하지만 다른 말을 쓰는 조선 사람이 중국에서 나온 운서로 정확한 중국어 발음을 내기란 쉽지 않았다. 이런 때에 훈민정음이 중국어의 발음 표기에 사용되었다. 한글은 소리글자이기 때문에 중국어 발음을 바로잡는 데 매우 유용하게 사용되었다.

연이어 나 있었다. 위아래로 여닫게 되어 있는 환기창에는 두터운
한지가 발라져 있었다. 햇살이 비치지 않는 쪽의 환기창은 그저 거
무튀튀할 뿐이었다.

"대감, 이게 어찌 된 일입니까? 『훈민정음』입니까?"

윤회가 옆으로 다가가 물었다.

"그렇구나. 『훈민정음』을 문풍지로 쓸 생각을 하다니……."

"놀라운 일입니다. 제가 올라가 보겠습니다."

윤휘는 선반을 타고 환기창 가까이 올라갔다. 환기창 하나를 열어 아래쪽을 유심히 들여다보던 윤휘는 한참 만에 다시 내려왔다.

"대감, 두 장의 두터운 한지 사이에 훈민정음이 적힌 한지가 들어 있습니다."

"그래? 일부러 한지를 두 겹으로 발랐구나. 그래서 창살을 대지 않아도 견딜 수 있었던 것이고, 창살에 글자가 가려지는 것도 방지한 거야."

"어쩜……."

매향이 두 손을 모아 쥐고 눈물을 글썽였다.

"글씨를 쓴 종이를 바를 때에는 풀에 숯가루를 묻혀서 평상시에 보이지 않게 한 것 같구나. 강한 햇살이 통과하니까 글자가 보이는 게야."

"숯가루라고요?"

윤휘가 환기창을 바라보다가 안빈세에게 물었다.

"그래. 풀에 숯가루를 풀어서 한지를 바르면 한지가 탁해지고 어두워지지. 지나치게 밝은 빛을 싫어하는 선비들이 문풍지를 바를 때 그런 방법을 종종 사용했어. 그리고……."

"그리고 또 무엇입니까?"

"햇살이 막 떠오를 때만 볼 수 있게 했구나. 보아라. 벌써 위쪽은 처마의 그림자에 가려져 글자가 보이지 않는구나. 해가 떠오르는 시간과 각도까지 염두에 두었다는 소리야."

“하지만 계절에 따라 해가 떠오르는 위치와 각도도 다를 텐데요.”

“물론이지. 모르긴 해도 해가 뜨는 위치에 따라서 우리가 아침마다 읽을 수 있는 부분이 달라질 거…….”

그 순간, 노빈손에게 불현듯 한 가지 생각이 떠올랐다. 안빈세를 쳐다보자, 마침 안빈세도 말을 흐리며 노빈손 쪽으로 고개를 돌렸다.

“혹시 28수 천문방각도?”

“자네도 28수 천문방각도?”

뜻밖에도 거의 동시에 안빈세도 노빈손과 같은 말을 중얼거렸다.

“아아, 그래! 어머니는 이 낙천정 안을 천구라 생각하신 거야! 천구에 별자리를 배치하듯이 환기창을 빙 돌아가며 『훈민정음』을 감추어 놓으신 거였어. 훈민정음에 대해 더욱 꼼꼼하게 알아두었다면, 더 쉽게 『훈민정음』을 찾을 수 있었을 텐데…….”

혼잣말하듯 안빈세가 중얼거렸다. 그의 얼굴에는 기쁨과 안도감, 그리고 뜻 모를 아쉬움이 함께 묻어 있었다.

노빈손 역시 아직도 가슴이 뛰고 있었다.

숯의 다양한 용도

숯은 연료 외에 많은 용도를 가지고 있다. 방부제의 효과가 있어 예전에는 왕릉에 사용되었고, 고성능 필터라고 칭할 만큼 여과의 효과도 있다. 그래서 군대에서 쓰는 방독면이나 담배의 필터에도 숯이 사용된다. 고온에서 구워진 숯은 수분이 거의 없어서 습도 조절도 할 수 있다. 또한 숯은 탄소 덩어리이기 때문에 음이온을 발생시키는 효과, 표면적이 커서 흡수력이 뛰어나므로 냄새 제거 효과도 무시할 수 없다. 우리나라에서는 주로 참나무를 숯의 재료로 사용한다.

새로운 계획

"이제 어떻게 하실 작정이십니까? 필사라도 하려면 당장 지필묵을 준비하는 게……."

윤휘는 조급한 모양이었다. 노빈손도 얼른 그래야 할 것 같았다. 하지만 안빈세는 고개를 저었다.

"아니다. 우선 여기서 나가야겠다. 우리가 여기에 오래 머물러 있을수록 저들이 우리를 의심할 것이다."

"저들이라니요? 직제학 나리가 무릎을 꿇지 않았습니까?"

"대명회는 그리 쉽게 포기할 사람들이 아니다. 지금은 나에게 약점을 보여 물러갔지만, 꾸준히 나를 감시하려 들 것이다. 그러니 내가 여기에서 오래 머물면 저들이 의심할 게 틀림없지 않느냐."

듣고 보니 그럴듯했다.

"그럼, 『훈민정음』은 어떻게……?"

"걱정하지 말거라. 한 달이 걸리든 일 년이 걸리든 필사하여 보존할 것이니, 우선은 돌아가자."

윤휘를 다시 한번 안심시킨 안빈세는 서둘러 바깥으로 나섰다.

매향이 뒤를 따랐고, 윤휘는 못 미더운 듯 환기창을 한동안 바라보며 머뭇거렸다. 노빈손 역시 뒤를 힐끔 돌아보고는 부지런히 걸었다.

아무 말 없이 한동안 걸어서 마을까지 내려왔다. 비로소 안빈세는

걸음을 멈추고 낙천정을 바라보았다. 입술이 조금 움직였다. 어머
니, 하고 부르는 듯했다.

한참 만에 안빈세는 시선을 거두고 노빈손을 향해 물었다.

"이보게, 야인 총각! 아니, 자네는 미래의 조선에서 왔다고 했지?"

"예, 미래에는 대한민국이라고 부릅니다."

"오, 그래서 자네가 대한민국이라고 했었군."

윤휘가 나섰다.

"대감, 빈손이 녀석 말에는 신경 쓰지 마십시오. 심성은 착한데 가
끔 실성한 듯한 말을 하옵니다."

휴! 끝까지 못 믿네. 나이만 어리면 뒤통수를 한 대 쥐어박고 싶었
다. 노빈손은 머리에서 불끈 열이 솟아오르는 기분이었다.

"하하. 그래, 그건 내가 판단하지. 아무튼
이름이 노빈손이라고 했던가? 내가 아주 진
지하게 물어볼 테니, 솔직하게 대답해 주게.
할 수 있는가?"

"물론입니다. 무엇이든 알고 있는 대로 답
하겠습니다."

"흠. 그럼 묻겠네. 지금의 주상께서는 훗
날……."

이때, 다시 윤휘가 끼어들었다.

"대감, 부질없는 질문이십니다."

안빈세는 뜨악한 표정으로 윤휘를 쳐다보다

필사(筆寫)

필사란 원본과 똑같이 베끼어 쓴
다는 뜻이다. 인쇄 기술이 발달
하기 전에는 책을 구입하기 어려
웠기 때문에 대부분의 선비들이
원본을 빌려 그대로 베껴 써서
보관하곤 했다. 목판 인쇄술이
발전한 뒤에도 책을 찍는 수요가
많지 않아 보통의 선비들에게 필
사는 흔한 일이었다. 드물게 필
사본을 파는 장사치도 있었다.
하지만 선비들은 잘 쓴 글씨를
따라 쓰며 서체와 내용을 익히는
것도 큰 공부로 삼았다.

가 고개를 끄덕였다.

"하긴 내 생각에도 더 이상 알면 안 될 것 같군. 그쯤 해두세."

"대감……."

"내가 미래의 일을 안다고 해서 무엇이 달라지겠는가. 다만 지금 최선을 다해야겠지. 미래에 후회하지 않으려면 말이야. 그나저나 저 마지막 남은 『훈민정음』을……."

그때 매향이 끼어들었다.

"대감마님, 마지막이 아닙니다. 온전한 한 권이 남아 있습니다."

"무슨 말이냐?"

"쑨 부어 씬이 가지고 있지 않습니까?"

"무슨 말이냐? 설마……."

안빈세가 고개를 저었다. 하지만 매향은 그에 상관하지 않고 말을 이어 나갔다.

"제가 알기로는 명나라 상인단이 내일 모레 돌아간다고 합니다. 쑨 부어 씬도 그때 함께 명나라로 돌아가겠지요."

"그렇긴 하다만, 설마……?"

"맞습니다. 놈들은 아마 의주 쪽으로 길을 잡을 겁니다."

"매향아, 설마 그자들을 습격해서 『훈민정음』을 빼앗겠다는 거 아니겠지?"

들다 못한 노빈손이 나섰다.

세계 기록 유산

유네스코가 지정하고 있는 세계 기록 유산은 모두 177개이다. 기록물로서 보관할 가치가 있는 인류의 유산이 세계 기록 유산으로 지정된다. 우리나라는 1996년 『훈민정음』과 『조선왕조실록』을 세계 기록 유산으로 신청, 이듬해 정식으로 세계 기록 유산이 되었다. 또한 『훈민정음』은 현재 국보 70호로 지정되어 있으며 간송미술관에 1본이 보관되어 있다.

“그놈 참, 눈치는 빠르네.”

“뭐, 뭐야? 그 몸으로 너 혼자 어떻게 그런 무모한 짓을 한다는 거야?”

노빈손은 매향이 다친 팔을 가리키며 말했다.

“혼자긴, 이미 사람을 함길도에 보내 놓았어. 옛날 나와 함께 무예를 수련하던 동지들이지. 닷새 후에 의주에서 만나기로 했다. 홍 저작도 도와준다고 했고.”

“홍 저작이? 언제 또 그런……”

“네 생각이 정 그러하다면 하는 수 없지. 하지만 몸 조심하거라!”

안빈세는 말을 마치고 다시 길을 걷기 시작했다.

훈민정음은 무사한가요?

다음 날 이른 아침, 매향과 윤휘, 노빈손은 주막집을 나섰다.

오솔길을 다 내려와 큰길이 나오자 매향이 걸음을 멈추었다.

“저는 이제 저쪽으로 갑니다. 선비님, 그동안 고생 많으셨습니다. 그리고 너, 야인. 아니 빈손아, 너도 애썼다. 생각했던 것보다 훨씬 멋졌어.”

오, 드디어 내 이름을 불러 주는 거야?

“어, 난 뭐……”

노빈손이 우물거리자 윤휘가 나섰다.

“낭자도 고생하셨소. 낭자는 아마 잘 해내실 것이오. 어딜 가서든, 무슨 일을 하든 몸조심하시오.”

“네, 고맙습니다. 그럼…….”

인사를 마친 매향은 서둘러 길을 떠났다.

“매향이가 잘 해낼까요?”

매향이 모습이 멀어질 즈음 노빈손이 윤휘에게 물었다.

“아마 그리할 것이다.”

윤휘는 제 일이라도 되는 것처럼 자신있게 말하고는 앞서 가기 시작했다. 그러다가 노빈손이 바싹 따라가자 물었다.

“그나저나 너 정말 미래에서 온 게냐? 아니, 그보다 너는 정말 『훈민정음』을 본 적이 있느냐?”

현재 국보 70호로 남아 있는 『훈민정음 해례본』은 1940년 무렵까지 경상북도 안동군 와룡면의 이한걸 가문에 소장되어 있었다. 그의 선조 이천이 여진을 정벌한 공으로 세종으로부터 직접 받은 것이라 한다. 발견 당시 예의본의 앞부분 두 장이 뜯어져 있었는데, 연산군의 기훼제서율을 피하기 위해서였다고 한다. 훗날, 이를 입수한 전형필은 6·25 전쟁 때 이 한 권만을 오동 상자에 넣고 피란을 떠났으며, 잘 때에도 베개 삼아 베고 잤다고 한다.

“박물관에서 봤다니까요. 국보 70호란 말이에요.”

“네놈 말이 사실이었으면 좋겠구나. 오래도록 전해지면 좋겠는데……. 휴우!”

윤휘는 말끝에 긴 한숨을 내쉬었다.

으휴! 끝까지 안 믿네. 그럼, 이런 미남이 조선 천지 어디에 있단 말야. 갑자기 온몸에서 열이 확 일어나는 것 같았다. 노빈손은 웃옷을 벗어 어깨에 걸치고 터벅터벅 앞서 가는 윤휘를 따랐다.

마을에 들어서자 윤휘가 말했다.

"주막집에 가서 국밥 한 그릇 먹고 가자!"

노빈손과 윤휘는 주막 안으로 들어갔다.

"주모, 여기 국밥 두 그릇이요!"

윤휘는 평상을 끼고 털썩 앉으며 외쳤다.

바로 그때, 주막 안을 돌아보던 노빈손은 한쪽 구석에서 국밥을
먹는 사내들과 눈이 마주쳤다.

"잡아라! 저놈 잡아라!"

포졸들이었다.

"어휴, 이놈아! 옷을 벗고 있으면 어떻게 하느냐?"

앗차! 그러고 보니 아까 언덕을 내려올 때 겉옷을 벗어 어깨에 여

태 메고 있었던 것이다. 노빈손이 상을 뒤엎고 일어났다. 윤휘도 따라서 바깥으로 쫓아 나왔다.

"형님, 뛰어요!"

노빈손은 소리치고 들입다 달렸다. 그런데 아뿔싸! 무작정 달리고 보니 막다른 골목이었다.

"안 되겠어요. 담이라도 넘어야지."

노빈손은 재빨리 담 위로 올라갔다. 그런데 윤휘는 그 아래서 끙끙대고 있었다.

"형님, 제 손 잡아요."

노빈손이 담장 위에 올라가 손을 내밀자 윤휘가 손을 마주 잡았다. 그러나 어쩔까. 손을 잡고 힘껏 끌어당겼는데, 미끄덩! 윤휘의 땀 때문에 놓치고 말았다. 윤휘는 엉덩방아를 찧으며 떨어지고, 반대편의 노빈손은 남의 집 항아리 위로 곤두박질치고 말았다.

"쨍그랑!"

항아리 깨지는 소리와 함께 눈앞에 별이 보였다.

"이 녀석아, 조심해! 책장 부서진다."

눈을 떠 보니 인사동 규장각 분점 할아버지였다.

"어휴! 정말 너무하시네. 사람보다 책장이

한글날은 어떻게 정해졌을까?

최초로 한글날이 정해진 건 1926년이다. 이때는 '조선어연구회'라는 단체에서 11월 4일로 정했다. 음력으로 9월 29일, 바로 훈민정음을 반포한 날이었기에 '가갸날'로 정하고 기념했다. 한데 지금처럼 한글날이 10월 9일로 정해진 이유는 안동에서 발견된 『훈민정음 해례본』에 훈민정음 반포날이 '9월 상한(上澣)'(9월 10일)이라고 적혀 있었기 때문이다. 이 날짜를 양력으로 환산하니 10월 9일이었던 것이다.

더 소중하단 말이에요?"

"이놈아, 네 머리가 보통 강인하게 생기셨어야지. 더 제대로 부딪혔으면 책장이 쪼개질 뻔했어. 제발 이 서점을 아껴서 사용해 다오."

이 할아버지, 정말 못 말린다.

"할아버지가 또 저를 밀었지요?"

"뭘 밀어. 네가 저 책 가지고 혼자 뒹굴어 놓고……."

"아……."

할아버지가 가리킨 곳에 『세종장헌대왕실록』이 놓여 있었다.

노빈손은 얼른 그 책을 뒤적거렸다.

…… 세종 28년 9월 29일. 이달에 '훈민정음(訓民正音)'이 이루어졌다. 어제(御製)에 나랏말이 중국과 달라 한자(漢字)와 서로 통하지 아니하므로, 우매한 백성들이 말하고 싶은 것이 있어도 마침내 제 뜻을 잘 표현하지 못하는 사람이 많다…….

노빈손은 희미하게 미소를 지으며 할아버지에게 말했다.

"다행이에요. 왕조실록에도 훈민정음에 관한 이야기가 지워지지 않고 살아 있네요. 아 참, 매향이는……?"

문득 노빈손은 매향이가 잘 해냈을까, 걱정이 되었다. 하지만 매향이가 해냈기 때문에 『훈민정음』이 국보로 남아 있는 것이겠지? 마음을 놓은 노빈손은 씩 웃었다. 매향이를 흉내 내듯 혀를 살짝 내밀면서.

"녀석아, 왜 또 실실 웃어? 혀까지 삐죽 내밀면서……."

"할아버지, 다행이에요. 매향이가 잘 해낸 것 같아요."

"매향이? 네 여자 친구는 말숙인지 말자인지 아니냐?"

아, 참! 할아버지는 모르시려나?

"그게 아니고요. 아무튼 『훈민정음』이 국보 70호로 남아 있는 걸로 봐서, 아마 매향이가 성공했나 봐요. 그것이 여러 사람의 손을 거쳐 결국엔 지금까지 살아남은 거겠죠? 참, 그리고 안빈세 대감마님은 낙천정의 『훈민정음』을 잘 필사해 두셨을까요?"

"이 녀석이 뭐라는 거야?"

할아버지는 눈을 크게 뜨더니 들고 있던 볼펜으로 앞이마를 톡 때렸다. 그런데 정말 모르는 건지, 알고도 모르는 체를 하는 건지 알 수가 없었다.

다른 것보다 이 할아버지의 정체부터 캐내야 하는 거 아닌가?

문자, 그 속에 숨겨진 진정한 힘

인류의 가장 위대한 발명 중 하나, 그것이 문자야. 문자가 탄생함으로서 비로소 지식의 축적과 보존이 가능하게 되었지. 그로 인해 문명이 발달하게 되었고. 지금 우리 삶에 글자가 없다고 생각해 봐. 얼마나 불편하겠어? 일단 인터넷은 존재할 수가 없고, 만화도 볼 수가 없고, 게임도 못 하지! 신나는 노빈손 책도 읽을 수 없고 말야.

문자가 없다면?

문자가 있으면 할 수 있는 게 너무너무 많아. 하지만 불과 몇백 년 전만 해도, 문자라는 것은 특수 계층만이 누릴 수 있는 혜택이었단다. 이건 동양이든 서양이든 마찬가지였어. 왜냐하면, 문자는 정보를 담기 위한 그릇이기 때문이야. 더 많은 정보를 알고 지식을 쌓는 것은 그 자체로 권력이거든. 생각해 봐. 남들이 모르는 사실을 자신만이 알고 있다면, 다른 사람들을 속이거나 자기 뜻대로 휘두를 수도 있지 않겠어?

고대 메소포타미아의 경우, 쐐기문자라는 것을 사용했는데 이건 상형문자의 일종이라서 읽고 쓰는 게 보통 힘든 일이 아니었어. 그 때문에 바빌로니아나 아시리아의 서기는 독립된 계급으로 존재했고, 때로는 왕이나 그의 가신들보다 더 강력한 권력을 가졌다고 해. 메소포타미아와 이집트에서 글을 읽고 쓸 줄 아는 것은 권위와 특권의 상징이었지.

마찬가지로, 중국에서 처음 탄생한 문자인 '갑골문자' 는 원래 신과 소통하기 위해 생겨난 도구였어. 그것을 읽을 수 있는 사람은 극히 드물었고, 그들은 신의 뜻을 전하는 사람들로 대우받았지. 당연히 그들이 하는 말들도 신의 뜻처럼 받아들여졌단다.

문자는 권력이다

근대에 이르기까지 보다 많은 사람들이 문자의 혜택을 누리지 못한 데에는 여러 이유가 있어. 그 혜택을 누리려면, 우선 문자를 읽을 줄 알아야 했고, 또 지식이 담긴 책들을 손에 넣을 수 있어야 했지. 그런데 옛날에는 특수 계급만이 문자 교육을 받았을 뿐 아니라, 책을 구하기가 무진장 힘들었어. 1462년경 인쇄기기가 발명되기 전까지, 거의 천 년 동안 사람은 책을 '손으로 베껴서' 만들어냈거든. 그러니 한 권 만들기가 얼마나 힘들었겠어.

중세 서유럽에서는 수도사들이 '책 베끼는 일'을 수련 삼아 담당했는데, 이 때문에 수도사와 성직자들이 글이라는 권력을 독점했어. 이 시절에는 귀족 중에도 글을 읽을 줄 모르는 사람들이 수두룩했거든. 하지만 인쇄술이 발달하고 책이 점점 많아지면서 상황은 바뀌기 시작하지.

그 유명한 프랑스 대혁명이, 글을 누구보다 열심히 읽었던 변호사나 의사 같은 지식인 계급에서부터 시작되었다는 거 알지? 그들은 지식을 쌓았기 때문에 세상이 불공평하다는 사실을 가장 먼저 깨달을 수 있었던 거야. 귀족도 평민도 똑같은 사람이고, 귀족만이 특권과 재산을 모조리 독차지하는 것은 옳지 않다고 말이야.

모든 사람들에게 평등한 기회를

그런 깨달음이 퍼져 나가면서, 독점된 지식을 나누려는 노력은 꾸준히 계속되었어. 예를 들자면 마르틴 루터의 성경 번역이 그렇지. 라틴어로 적혀 있는 탓에 소수의 귀족들과 성직자들만 읽을 수 있었던 성경을 독일어로 번역한 사람이 마르틴 루터야. 그 덕에 독일 사람 누구나 성경을 읽을 수 있게 되었고, 평민들 역시 성직자들의 지배와 정보 독점에서 벗어나 자신의 생각으로 성경을 이해할 수 있게 되었단다.

그러면 무슨 일이 일어날까? 옛날에는 정보를 가진 몇몇 사람의 말이 옳겠거니 하면서 듣고만 있던 사람들이, 당당하게 자신의 생각을 말할 수 있게 되지. 그러면서 상대와 내가, 그리고 모든 사람이 평등하다는 인식이 싹트기 시작하는 거야. 이것이 얼마나 큰 변화인지 상상이 가니?

우리나라도 마찬가지야. 지금은 누구나 글을 배울 수 있고 읽을 수 있지만, 불과 1백여 년 전까지만 해도 양반이 아니면 책을 볼 수조차 없었잖아? 세종대왕이 쉬운 한글을 창제하셨을 때 유학자들이 반대한 이유도, 자신들이 백성들을 지배하려면 어려운 한문으로 지식의 장벽을 높여 정보를 독점할 필요가 있었기 때문이지. 어휴, 정말이지 다시 한번 세종대왕께 감사의 큰 절을 올려야 할 일이야.